Widmung

Für

Daniel, Nico, Sarah und Michelle,

Mama und Papa

Was immer auch passiert, stets wird irgendwann alles wieder gut...

Ein Schritt zum Himmel

1

Man sagt, eine Katze habe sieben Leben, wie viele Leben hat ein Mensch?

Eines…

Doch packen manche Menschen mehr Leben in ihres als andere. Könnte man dann nicht die These aufstellen, dass ein Mensch selbst dafür verantwortlich ist, wie viel Leben er hat?

Wie viel Leben hatte Paul gehabt, in der kurzen Zeit, in seinem jungen Leben? War es genug? Konnte es je genug sein?

Fiona, seine Mutter, stand vor seinem Grab und starrte auf den braunen Sandstein, der sich wie ein Denkmal darüber erhob, starrte auf die Inschrift, die bezeugte, dass ihr Sohn viel zu früh gegangen war, als junger Mann. Ein abgrundtiefer Seufzer entwich ihrer Kehle, der ihren kleinen, schmalen Körper erzittern ließ und einzelne Träne kullerte aus ihrem Augenwinkel und bahnte sich ihren Weg über ihre Wange. Warum? Wohl zum hunderttausendsten Mal stellte sie diese Frage.

Warum musstest du gehen, Paul, mein Junge. Lieber Gott, sag mir doch bitte warum! Warum hast du ihn uns weggenommen, sag es mir, warum lässt du mich zweifeln an dir?

Mit zitternden Fingern legte sie die weiße Lilie auf die vom Morgentau feuchte Erde, die Blume der Reinheit und Unschuld und der echten Liebe. Passend für ihren Sohn, denn rein und unschuldig war er gewesen, er wurde bedingungslos geliebt, von ihr, von seinem Vater, seiner Frau Linda und seinem kleinen Sohn Tim. Mit einem leisen Lächeln verharrte Fionas Blick auf der Blume, die liebevolle Erinnerung an Paul, der selbst zur bedingungslosen Liebe fähig gewesen, in dem Bewusstsein, dass nicht alle Menschen selbstverständlich dazu in der Lage waren. Noch einmal streifte ihr Blick den unregelmäßig gehauenen Stein, dessen hellere und dunklere Brauntöne sich vermischten.

„Granit hätte nicht zu dir gepasst", flüsterte sie. Dieser Stein entsprach Pauls Charakter, Ecken und Kanten, nicht immer wissend, was richtig oder falsch war, ein Mann mit vielen Schattierungen und alles, nur nicht kalt, der es immer allen recht machen wollte und dem es trotz allen guten Willens nicht immer gelang.

Fiona wandte sich ab, schweren Schrittes verließ sie den Friedhof und machte sich auf den Weg nach Hause. Nach Hause, das war auch nicht mehr das, was es einmal war. Erich, ihr Mann, würde da sein, in seinem

Sessel sitzend, nicht auf sie wartend und vor sich hin starrend, so wie er es jeden Tag seit Pauls Tod tat. Er redete nicht mehr, kein Wort. Der einzige mit dem er noch sprach war Tim, ihr Enkel, Pauls Sohn. Wenn Linda mit dem Kleinen zu Besuch kam, erwachte Erich zum Leben, spielte und alberte herum mit dem Jungen, war der alte. Und wenn sie wieder gingen, verharrte er wieder in Schweigen. Trostlos, traurig und öde war ihr Leben seit Pauls Tod. Fiona hatte aufgegeben, Erich dazu zu bringen, mit ihr über Paul zu sprechen, überhaupt mit ihr zu reden, sie war nicht in der Lage, Erichs Mauer zu durchbrechen, es war, als wären sie mit ihm gestorben. Sie hatte alles versucht. Im Guten auf ihn eingeredet, verzweifelt ihn angefleht, ihn angeschrien.

Kraftlos drehte sie den Schlüssel im Haustürschloss und betrat das Haus, ein Blick ins Wohnzimmer bestätigte ihre

Vermutung, aber warum hätte auch plötzlich irgendetwas anders sein sollen?! Lediglich der Hund, noch jung und ungestüm, kam angerannt und begrüßte sie stürmisch. Sie streichelte ihm über den Kopf und kraulte ihn zärtlich hinter den Ohren, was er mit einem zufriedenen Schwanzwedeln honorierte. Der Hund, der Pauls letztes Geschenk an sie gewesen war.

„Ich bin wieder da", rief sie in dem Bewusstsein, dass Erich wahrscheinlich gar nicht bemerkt hatte, dass sie überhaupt weggegangen war. Resigniert hängte sie ihren Mantel an die Garderobe. Für den Mantel war es mittlerweile eigentlich zu warm und Fiona dachte, dass sie sich eine schwarze Strickjacke würde kaufen müssen, ihre alte war vom vielen Waschen ganz verknubbelt.

Zeit, mit der Zubereitung des Mittagessens zu beginnen, welches sie wie jeden Tag pünktlich um zwölf Uhr schweigend zu sich nehmen würden. Vielleicht war das die Art zu überleben, den Rhythmus einzuhalten, einfach zu funktionieren. An manchen Sonntagen ertappte sie sich, wie sie beim Kochen auf die Haustürklingel lauschte, dass Paul sich ankündigen würde. Vor allem, wenn sie Sauerbraten zubereitete, das war doch sein Lieblingsessen gewesen. Und jedes Mal, wenn sie sich dann klar machte, dass es nicht sein konnte, er nie wiederkommen würde, war es, als würde ihr jemand einen Hammer auf den Kopf schlagen. Dann griff sie mit zitternden Fingern nach einer Flasche Rotwein, holte sich ein Glas aus dem Schrank, schenkte es voll und stürzte es hinunter. Wenn Paul zum Essen gekommen war, war er immer zu ihr in die Küche gekommen, um ihr zu helfen und immer hatten sie zusammen ein Glas Rotwein getrunken. Traurig betrachtete sie das Foto, dass sie an der Kühlschranktür befestigt hatte, in jedem Raum gab es ein Foto von Paul, als hätte sie Angst zu vergessen, wie er aussah. Hübsch war er gewesen, mit seinen braunen Haaren, die irgendwie immer etwas zu lang waren und seinen braunen Augen, die immer zu lächeln schienen, so viel Wärme ausstrahlten.

Wut überkam sie und zu heftig beförderte sie das leere Glas in die Spülmaschine, so dass es zerbrach. Durch einen Tränenschleier betrachtete sie die Scherben, warf die Klappe der Spülmaschine wütend zu, holte tief Luft, öffnete sie wieder und begann, die Scherben einzusammeln. Als sie sie in den Mülleimer warf bemerkte sie das Blut, das von ihrem Finger tropfte. Sie hatte den Schnitt nicht bemerkt. Voller Zorn holte sie ein Pflaster aus der Schublade und klebte die Wunde zu.

Es ist so wider die Natur! So etwas sollte, durfte nie passieren! Niemals sollte eine Mutter ihr Kind beerdigen müssen! Es ist so falsch, alles so falsch!

Sie wollte ihre Wut an der Schublade auslassen, indem sie sie zuschlug, doch der automatische Einzug verhinderte dies und geräuschlos zog sie sich zu. Noch nicht einmal das Geräusch dieses kleinen Knalls war ihr vergönnt. Mittlerweile war ihr Gesicht tränenüberströmt. Erich, er weinte nie, hatte nicht geweint bei der Beerdigung und auch nicht danach.

Erich! Wozu stand sie hier und kochte? Sie wusste nicht, ob er Hunger hatte, sie würde nicht erfahren, ob es ihm geschmeckt hatte. Er fühlte nichts mehr, wahrscheinlich schmeckte er auch nichts mehr. Er sprach nicht mit ihr, weinte nicht mit ihr, ging nicht mit ihr zusammen zum Friedhof.

Sie hatte genug! Sie schaltete den Herd aus und ließ das unfertige Essen einfach stehen.

2

„Ich geh dann." Linda hatte ihren Schreibtisch aufgeräumt. Seitdem Tim in den Kindergarten gekommen war, arbeitete sie wieder halbtags im Callcenter. Sie seufzte, jetzt war er schon sieben Jahre alt und in der Schule, die Jahre schienen an ihr vorbei zu rauschen. Wenn es viel Arbeit gab, nahm sie manchmal Unterlagen mit nach Hause, um sie zu bearbeiten. Sie schlüpfte in ihre Jacke, nahm zwei Ordner und einen Stapel Papiere vom Tisch und versuchte dann nach ihrem Korb, der neben ihrem Schreibtisch auf dem Boden stand, zu greifen, die Unterlagen klemmte sie zusätzlich unter ihrem Kinn fest.

„Warte", Bastian stand plötzlich hinter ihr und griff nach ihrem Korb, „ich helfe dir."

Er ging voraus Richtung Ausgang. Linda zuckte kurz mit den Schultern und lief dann hinterher. Bastian begleitete sie bis zum Wagen und half ihr, alles im Kofferraum zu verstauen.

„Wollen wir noch einen Kaffee trinken gehen?" Linda schaute zu Bastian auf und registrierte mit Verwunderung seine fast flehenden grünen Augen und die roten Flecke, die sich auf seinem Hals bildeten, als wäre er aufgeregt. Sie warf einen kurzen Blick auf ihre Uhr.

„Ich hab noch etwas Zeit, bevor ich Tim von der Schule abholen muss, also meinetwegen."

Bastian stieß die Luft aus, als hätte er sie angehalten, und dankte ihr mit einem freundlichen Lächeln, bei dem sich die beiden Grübchen in seinen Wangen zeigten. Nebeneinander überquerten sie die Straße und betraten das kleine Café, das zwar nicht sonderlich gemütlich war, dafür war der

Kaffee aber vorzüglich. Sie nahmen an einem kleinen Bistrotisch Platz, von dem aus man hinaus auf die Straße schauen konnte. Sie gaben die Bestellung auf und kurz darauf stellte die Bedienung ihnen zwei dampfende Tassen vor, wartete kurz, bis Bastian bezahlt hatte, dann machte sie sich auf zum nächsten Tisch.

Linda schüttete sich Unmengen Zucker in ihren Kaffee, den sie ohne Unterlass mit ihrem Löffel rührte. Bastian beobachtete sie mit zusammengezogenen Augenbrauen.

„Wie geht es dir und Tim?", fragte er unvermittelt, worauf sie ihren Löffel beiseitelegte und den Zucker zurückstellte.

„Gut", die Antwort kam knapp und emotionslos, doch dann fügte sie hinzu: „muss ja!"

„Kommt ihr gut zurecht? Du weißt, wenn du irgendwie Hilfe brauchst, ich bin immer für dich da…"

„Danke, das ist sehr nett von dir, aber es ist alles in Ordnung!"

Kühl und unnahbar schien sie, sie saß vor ihm und doch war es, als würde eine Glasscheibe ein zu nahes Herankommen verhindern. Er war dennoch fest entschlossen, das Gespräch in Gang zu halten.

„Und wie kommen seine Eltern zurecht?", fragte er weiter.

„Geht schon!" Hastig nahm sie einen Schluck Kaffee, worauf sie mit ihrer Hand vor dem Mund herumwedelte, weil sie sich verbrannt hatte.

„Erich ist ganz normal. Wenn ich mit Tim komme, spielt und albert er mit ihm herum und Fiona… sie ist eine sehr starke Frau, war sie schon immer. Sie ist unverwüstlich, wie ein Fels in der Brandung."

Erneut griff sie nach ihrer Tasse, langsam und vorsichtig diesmal, nahm einen kleinen Schluck, verzog das Gesicht kurz zu einer Grimasse, weil sie nun bemerkte, dass sie ihn zu sehr gesüßt hatte. Bastian biss sich auf die Unterlippe, um ein Grinsen zu unterdrücken.

Plötzlich stellte sie mit einer heftigen Bewegung die Tasse zurück auf den Tisch, atmete einmal tief durch und sagte dann in betont ruhigem Ton, der sich dennoch wie eine leise Drohung ausmachte: „hör mal, es ist jetzt über ein Jahr her, können wir bitte auch mal über andere Themen reden?"

Hart war ihr Gesicht, undurchdringlich ihr Blick, Bastian schluckte. Irritiert griff nun er nach seiner Tasse und trank, um die peinliche Situation zu überbrücken. Was war los mit dieser Frau? Es war, als hätte sie eine Mauer um sich gezogen und er fühlte sich vor den Kopf gestoßen, er wollte ihr doch nur helfen, ihr zeigen, dass er für sie da war.

„Wie geht es Ute?", holte sie zum Gegenschlag aus, obwohl sie genau wusste, dass Ute ihn verlassen hatte, vor vier Monaten schon.

Ja, sie wollte ihm wehtun, wollte etwas von ihrem Schmerz umverteilen und in dem Moment, da ihr dies bewusst wurde, schämte sie sich. Dann ärgerte sie sich über dieses Gefühl und setzte noch einen drauf: „oder lässt sie nicht von sich hören?"

Wieder bildeten sich diese roten Flecken an Bastians Hals, doch krochen sie diesmal hoch bis zu seinem Gesicht. Er schluckte hart, so dass man sah, wie sein Adamsapfel in Bewegung geriet.

„Es tut mir leid…", die Röte war bis zu seinen Ohren vorgedrungen und Linda lehnte sich zufrieden zurück, „du weißt doch, dass…"

„Nein, weiß ich nicht, erzähl doch mal, was genau ist denn passiert?"

Ja, das tat so gut, sie hatte Oberwasser, sie hatte Macht. Für einen kurzen Moment konnte sie dieses ohnmächtige Gefühl, welches sie seit Pauls Tod begleitete, beiseiteschieben.

Nun lehnte auch Bastian sich zurück, um etwas Abstand zwischen sie beide zu bringen, verschränkte seine Arme vor der Brust, als müsse er sich vor ihr schützen. Eine Weile sahen sie sich schweigend an, wie zwei Hunde, die das Spiel „wer zuerst wegschaut, hat verloren" spielten. Seine Gedanken rotierten, sie hatte sich so sehr verändert, so sanft und liebenswürdig war sie gewesen und nun saß er ihr gegenüber und hatte keine Ahnung, wie er diesen Schleier der Bitterkeit durchbrechen konnte, ihr helfen konnte zurückzufinden zu ihrem eigentlichen ich.

Na schön, sie wollte die ganze Geschichte hören, dann sollte sie sie bekommen. Er legte seine Unterarme zurück auf den Tisch und umfasste seine Tasse mit den Händen, ohne ihren Blick loszulassen. Er lehnte sich etwas über die Tischplatte, um leiser sprechen zu können.

„Sie hatte Urlaub, ich nicht. Ich kam abends von der Arbeit nach Hause, Ute war mit all ihren Sachen verschwunden und auf dem Tisch lag ein Zettel: *wir haben uns auseinandergelebt!*

Seitdem hab ich nichts mehr von ihr gehört, ich habe keine Ahnung, wo meine Frau sich aufhält, alles, was ich weiß ist, dass sie einen anderen hat und das weiß ich nicht von ihr, nein, das weiß ich von meinen Schwiegereltern. So, das war alles, bist du nun zufrieden?!"

Er war sich sicher, dass Linda den Ablauf der Geschichte kannte, wenn auch nicht von ihm persönlich, so hatte sich Utes Aktion doch wie ein Lauffeuer in der Firma herumgesprochen. Wenigstens hatte sie den Anstand besessen, den Arbeitsplatz zu wechseln.

„Ja, sie hat mich verlassen!", seine Stimme war nun tief und bedrohlich, „und ja, ich bin jetzt auch alleine, genauso wie du! Aber wenigstens hat Paul dich geliebt, während Ute mir Hörner aufgesetzt hat und ich in der ganzen Firma da stehe wie ein Hornochse, aber das Ergebnis ist das gleiche: du und ich, wir sind alleine! Nur, dass ich mich zusammenreiße, und du dich benimmst wie ein verbittertes altes Weib!"

Beim Sprechen war er nun doch in Rage geraten, weil der Schmerz über Utes Verhalten hochgekocht war und in dem Moment, da er die Worte ausgesprochen hatte, taten sie ihm auch schon unendlich leid und er hätte alles dafür gegeben, sie zurücknehmen zu können. Das war es nicht was er wollte, sie beleidigen, sie verletzen. Er wollte sie doch nur zurückholen.

Während er gesprochen hatte, waren Lindas Augen immer größer geworden, ruckartig stand sie auf, so dass ihr Stuhl mit lautem Poltern umkippte und rannte fast zur Tür hinaus, verfolgt von den verwunderten Blicken der anderen Gäste, Bastian starrte ihr nach. Langsam stand er auf und verließ mit hängenden Schultern das Café. Er hatte gerade die Straße überquert, als er Lindas roten Opel Corsa davon brausen sah. Es machte ihn traurig sie so zu sehen, nicht an sie heranzukommen. Linda war ein so fröhlicher und offenherziger Mensch gewesen, sie und Paul, er selbst und Ute hatten sich sogar angefreundet gehabt und ab und an etwas miteinander unternommen. Seit Pauls Tod jedoch hatte Linda sich zurückgezogen in eine eigene Welt. Bastian ging zurück ins Büro und ließ sich auf seinen Schreibtischstuhl fallen, er spielte mit seinem Kugelschreiber, den er zwischen zwei Fingern kreisen ließ. Er mochte Linda, nein, er konnte nicht zusehen, wie sie vor die Hunde ging, sie war es wert, alles zu versuchen, um sie zurückzuholen. Auch Paul zuliebe.

3

Linda brachte ihr Auto vor dem Haus so abrupt zum Stehen, dass es ihren Körper ruckartig nach vorne riss, sie konnte sich gerade noch abfangen, bevor ihr Kopf am Lenkrad aufgeschlagen hätte, sie hatte vergessen, sich anzuschnallen. Sie blieb einen Moment sitzen, um den Schrecken zu überwinden, bevor sie ausstieg und mit schnellen Schritten zur Haustür eilte. Sie nahm immer zwei Stufen hinauf zu ihrer Wohnung, traf das Schlüsselloch nicht auf Anhieb, weil ihre Finger zitterten. Schließlich stürzte sie hinein, warf die Tür mit Schwung zu und ihren Schlüssel achtlos auf den Schuhschrank. Das laute Klirren schien sie aus ihrer Starre zu befreien. Sie zwinkerte kurz mit den Augen und schüttelte leicht den Kopf, so dass eine ihrer langen braunen Locken vors Gesicht fiel, weshalb sie sie hinters Ohr strich. Langsam ging sie hinüber ins Wohnzimmer zu dem kleinen Schränkchen, auf dem ihr Spruchkalender stand. Fast zärtlich nahm sie ihn in ihre Hände und las zum x-ten Mal den aufgeschlagenen Spruch *Lebe jeden Tag, als wäre er dein letzter*. Sie schloss die Augen, drückte den Kalender an ihr Herz. Seit dem Tag, an dem Paul gestorben war, hatte sie ihn nicht mehr umgeblättert.

4

Fiona lief wie blind durch die Straßen, ohne zu wissen, wo sie eigentlich hin wollte. Nochmal zum Friedhof, nein, schon der Gedanke daran war unerträglich.

Irgendwann war sie am Ortsrand angelangt und schlug ohne nachzudenken in den Feldweg ein. Der Weg führte steil bergauf, entlang der Weinberge, die nun endlich wieder grün waren, bis hinauf zum Wald, wo der betonierte Feldweg endete und in einen Waldweg überging. Sie spürte, wie ihr Atem ruhiger wurde, sie das Gefühl hatte, wieder Luft zu bekommen, roch den Harz und den Duft der Tannen. Ihr Schritt wurde etwas langsamer und lautloser auf dem weichen Waldboden. Sie lief weiter und weiter, wusste endlich, wo sie hin wollte, oder hatte sie es gar die ganze Zeit gewusst? Bergauf, immer weiter bergauf, was für eine Wohltat, sich körperlich abzureagieren.

Nach und nach begann sie, die Geräusche des Waldes in sich aufzunehmen, hörte das muntere Zwitschern der Vögel, den Wind, der leicht durch die Bäume strich. Es war Frühling und alles erwachte zum Leben, es war nicht die Welt, die seit Pauls Tod stillstand, es war nur ihr Leben, das sie so winzig klein und unbedeutend empfand hier im Wald, in dem das Leben pulsierte.

Eine halbe Stunde später war sie oben angelangt, hier, ja, hier war es! Hier waren sie früher mit Paul, als er noch klein war, hergekommen, hatten gepicknickt, faul in der Sonne gelegen und mit dem mitgebrachten Ball gespielt. Hier hatten sie glückliche Stunden verbracht.

Andächtig schritt Fiona über das kleine Wiesenstück und es war, als könnte sie Pauls Stimmchen hören, sie schien leise durch die Bäume zu rauschen.

„Zu mir, Papa, wirf den Ball zu mir!"

Sie sah ihn vor sich, wie er glücklich den Ball auffing, den Erich ihm zugeworfen hatte und wie er sich fast kaputtlachte über Fionas gespielt enttäuschtes Gesicht. Sie sah sich auf der Decke sitzen, Erich lag neben ihr und sie hielt Paul in den Armen. Beide waren fast gleichzeitig eingeschlafen, müde von der frischen Luft, dem Spielen und dem vielen Essen. Erich schnarchte leise, Paul atmete durch den Mund und jedes Mal, wenn er die Luft ausstieß, strömte ihr der Geruch von Erdbeeren, die er gerade noch kurz zuvor gegessen hatte, entgegen. Sie hatte sich nicht getraut sich zu rühren, aus Angst ihn zu wecken. Zwei völlig entspannte Gesichter, glücklich, zufrieden, so, wie sie selbst es war.

Ein kleines Lächeln stahl sich auf ihre Lippen. Sie ging hinüber zu dem Geländer, das am Ende der Wiese angebracht war, weil sich hier ein tiefer, felsiger Abgrund erstreckte. Sie lehnte sich darüber und blickte weit, weit hinaus, über die Ortschaften, die wie Spielzeugdörfer von hier aus wirkten, betrachtete die kleinen Schäfchenwolken am Himmel. Der Wind wehte ihr das Haar ins Gesicht, sie atmete tief durch, stieß sich vom Geländer ab und umfasste die rostige Stange mit den Händen. Lange blieb sie so stehen und ließ ihren Blick umherschweifen. Als sie sich schließlich wieder umwandte bemerkte sie, dass ihre Hände schmutzig waren vom Geländer und rieb sie achtlos an ihrer Hose ab, während sie zu der Stelle ging, wo sie immer die Decken ausgebreitet hatten. Dort legte sie sich in das kühle Gras, dessen Berührung sie wie eine Umarmung empfand, rollte sich zusammen wie ein Embryo und fiel gleich darauf in einen leichten Schlaf. Endlich, endlich hatte sie den Platz gefunden, an dem sie sich Paul nach all der Zeit wieder richtig nah fühlen konnte.

5

Eine gefühlte Ewigkeit war Linda reglos mit dem an sich gedrückten Kalender auf dem Boden gesessen, bis ein einzelner Sonnenstrahl den Weg durchs Fenster fand und sie in der Nase kitzelte. Sie öffnete ihre Augen und warf einen Blick auf ihre Armbanduhr, es war Zeit, Tim von der Schule abzuholen. Steif erhob sie sich und stellte den Kalender zurück auf seinen Platz, genauso, wie er vorher da gestanden hatte, fast auf den Millimeter genau schob sie ihn zurecht. Ihre Hand wanderte hoch an ihren Hals und umschloss das goldene Medaillon in Form eines Herzens, das ihr Paul an seinem letzten Weihnachten geschenkt hatte. Nur im ersten Moment fühlte es sich kühl an, doch schnell hatte ihre Wärme das kleine Schmuckstück mit dem roten Rubin ihrer Körpertemperatur angeglichen. Müde ging sie in den Flur und nahm ihren

Schlüsselbund vom Schrank, Tim sollte nicht auf sie warten müssen.

Erich saß in seinem Sessel. Jeden Tag dasselbe. Aufstehen, waschen, anziehen. Danach fühlte er sich erschöpft und suchte Ruhe in seinem Sessel. Er hatte ihn gekauft, kurz bevor Paul zur Welt gekommen war. Die Sitzfläche und die Armlehnen waren abgenutzt, aber er war bequem und hatte ihn durch seine glücklichen Zeiten begleitet, hier hatte er oft sein Baby in den Schlaf gewiegt oder auch mal die Flasche gegeben, Hoppe Hoppe Reiter mit ihm gespielt, ihn getröstet, wenn er traurig war oder er sich wehgetan hatte, mit Paul auf dem Schoß ferngesehen. Dieser Sessel war ein Ort der Ruhe und der Zuflucht. Die Sonne schien herein, es war wohl schon Mittag. Sein Magen knurrte, wie konnte das sein, wo war

Fiona? Schwer stieg er auf, in dem er sich mit den Händen auf die Lehnen stützte und schlurfte in die Küche, ohne das angefangene Essen auf dem Herd zu beachten, öffnete den Kühlschrank, nahm sich ein Bier, schloss ihn wieder. Ein lautes Plopp war zu hören, als er die Flasche öffnete, während er zurück schlurfte, zurück zu seinem Sessel, in den er sich wieder fallen ließ.

„Mami, Mami!" Tim kam angerannt, als er Linda kommen sah und schlang so stürmisch seine Ärmchen um ihre Beine, dass sie ins Stolpern geriet und lachte.

„Nicht so stürmisch, mein kleiner Held!" Zärtlich küsste sie seinen strubbeligen Haarschopf.

„Ich muss wieder mit dir zum Frisör, deine Haare sind schon wieder zu lang!", bemerkte sie und lächelte bei dem Gedanken, dass Pauls Haar auch immer irgendwie zu lang war. Überhaupt sah der Kleine seinem Vater sehr ähnlich, die gleichen Augen, der gleiche Mund... Wahrscheinlich waren seine Großeltern deswegen so verrückt nach ihm.

„Komm, lass uns deinen Ranzen holen!"

Sie atmete wieder. Wenn Tim bei ihr war, war alles gut, war Paul da, irgendwie, war sie nicht allein, fühlte sich als ein Ganzes. Willig ließ sie sich von Tim zur Garderobe ziehen, nahm seine Jacke vom Haken, und half ihm hineinzuschlüpfen. Sie konnte einfach nicht widerstehen und wuschelte ihm mit den Fingern durchs Haar.

„Mama!"

Tim bedachte sie mit einem vorwurfsvollen Blick, der sie zum Lachen brachte, zumal sie bemerkte, dass sein Mund rot verschmiert war.

„Was gab´s denn heut zum Essen?"

„Spaghetti mit Tomatensuppe."

„Das heißt Tomatensoße!"

Kichernd liefen sie Hand in Hand den Flur entlang, vorbei an anderen Müttern und Vätern mit ihren Kindern, verließen das Gebäude, hinaus in die Sonne, die sich mit aller Kraft bemühte, den Winter endgültig zu vertreiben.

Tim krabbelte auf den Rücksitz und Linda schnallte ihn sorgfältig an.

„Besuchen wir heute Oma und Opa? Hab sie schon lang nicht mehr gesehen!"

Linda grinste. „Das ist erst drei Tage her."

„Sag ich doch, schon lang her!"

Er verschränkte die Arme und machte einen Schmollmund.

Linda saß mittlerweile selbst im Auto und drehte sich grinsend zu ihm um.

„Na schön, besuchen wir Oma und Opa."

Es war so leicht, dem Jungen ein Lächeln ins Gesicht zu zaubern. Er beugte sich nach vorne, soweit es der Gurt zuließ.

„Und vorher gehen wir noch zu Papa!"

„In Ordnung."

Linda hielt vor dem kleinen Blumenladen in der Nähe des Friedhofs.

„Bleib brav sitzen, ich bin gleich wieder da."

Kurz darauf erschien sie wieder mit einer roten Rose in der Hand, sie lächelte Tim beim Einsteigen kurz zu. Von hier aus war es nicht mehr weit und sie parkten neben dem Eingang des Friedhofs, der von großen Bäumen umsäumt war. Das schmiedeeiserne, schwarz lackierte Tor stand weit offen und der Kies knirschte unter ihren Schritten.

„Darf ich heute Papa die Blume geben?"

Tim streckte erwartungsvoll sein Händchen aus.

„Natürlich, aber pass auf die Dornen auf", ermahnte sie ihn, während sie ihm vorsichtig den langen Stiel reichte.

„Oh, die riecht gut!", stellte er fest, als er sein Näschen in der großen Blüte versenkte.

„Schau mal, Oma war heut auch schon da."

Linda hatte die weiße Lilie bereits bemerkt, die auf dem dunklen Boden zu leuchten schien.

„Da wird Papa sich aber freuen, dass er heute so viel Besuch auf einmal kriegt!"

„Bestimmt."

Sie hatten das Grab erreicht und Tim legte die Rose direkt neben die Lilie.

„Hallo, Papa, wie geht´s dir?"

Tim faltete seine kleinen Hände, so wie er es bei Oma gesehen hatte.

„In der Schule gab es heut Tomatensuppe." Er verharrte in kurzem Schweigen, dann sagte er: „Du, Papa, ich find´s echt blöd, dass du hier bist und nicht bei uns!"

Nach einer Weile blickte er zu seiner Mutter auf.

„Mama, du hast doch gesagt, der Papa ist im Himmel?!"

„Ja, das ist er." Leise und zärtlich war ihre Stimme.

„Warum besuchen wir ihn dann hier, wenn er da oben ist?"

Mit ausgestrecktem Finger zeigte er Richtung Sonne. „Dann muss ich doch eigentlich nur nach oben sehen, aber wie soll er mich denn hören, so weit da oben?"

Linda war seinem Finger gefolgt und blinzelte in die Sonne.

Ja, Paul, beantworte uns diese Frage, kannst du uns hören, da oben? Es wäre so schön zu wissen, dass es so ist.

Stattdessen versuchte sie, ihrer Stimme einen zuversichtlichen Klang zu verleihen und antwortete: „Weißt du Tim, der Papa lebt weiter, und zwar da drinnen!", sie kitzelte ihn zwischen den Rippen und Tim kicherte, „da drinnen in unseren Herzen. Und ganz bestimmt, wenn alles ganz leise ist und wir nach ihm rufen, können wir ihn hören."

Vielleicht schaffst du es wenigstens, mein Kleiner, du hast noch genug Fantasie…

Sie wusste, dieser Gedanke war tröstlich für Tim, doch gleich darauf wurde sein Gesicht schon wieder nachdenklich.

„Trotzdem wär es schöner, wenn er hier geblieben wäre!", beschloss er endgültig.

Da hast du so recht…

6

Fiona räkelte sich und öffnete langsam ihre Augen, ein friedliches Lächeln schlich sich auf ihr nun entspanntes Gesicht. Sie streckte sich gähnend, wobei man einige Gelenke knacken hörte, das Aufstehen fiel ihr schwer.

Ich seh aus wie ein Schwein!

Sie grinste, während sie an sich herabsah und überall Grasflecken bemerkte, Hände und Hose hatte sie ja vorher schon beschmutzt. Ihr Magen knurrte und ihr fiel wieder ein, wie sie überstürzt das Haus verlassen hatte. Stirnrunzelnd klopfte sie ihre Hose ab, noch einmal zurück an das Geländer, nochmal den Blick in die Weite schweifen lassen. Eine Wolke schob sich vor die Sonne und sie fröstelte, spürte die feuchte Kleidung auf ihrer Haut. Künftig würde sie hierher kommen, statt zum

Friedhof zu gehen und sie würde Max mitnehmen, das wird ihm gefallen!

Jetzt aber schnell nach Hause, Erich hat bestimmt Hunger. Bis morgen, mein Junge!

Sie hob die Hand zum Gruße, dann lief sie mit beschwingtem Schritt und viel schneller ging es bergab zurück ins Dorf. Ein paar schräge Blicke, weil sie schmutzig und ohne Jacke unterwegs war, die sie aber ignorierte und lediglich belächelte.

Endlich erreichte sie ihr kleines Häuschen, das zwar nicht mehr das jüngste war, aber sie hatten es über die Jahre gut instand gehalten. Es war schon alt gewesen, als sie es kauften, damals, als sie mit Paul schwanger war. Erich hatte es mit Hilfe verschiedener Handwerker damals kernsaniert, das Dach war ein paar Jahre später fällig gewesen. Sie blieb stehen und betrachtete den Vorgarten, um den sie sich seit Pauls Tod nicht mehr gekümmert hatte. Er sah schlimm aus, das Unkraut hatte völlig überhandgenommen. Sie trat näher, bückte sich und schob es an einer Stelle etwas auseinander. Da, überall unter dem Unkraut versuchten sich Tulpen und Narzissen durchzukämpfen, was ihnen schwerfiel mit dem wenigen Licht, das sie wegen des Unkrauts abbekamen. Fiona bekam Mitleid mit diesen beherzten Pflanzen und bewunderte sie für diesen Überlebenswillen. Ihr schlechtes Gewissen regte sich, dass sie sie so vernachlässigt hatte und sie beschloss, sich nach dem Essen an die Arbeit zu machen.

Sie erhob sich und trat die Stufe zur Haustür hinauf, griff an ihre Hosentasche und musste feststellen, dass sie ihren Haustürschlüssel vergessen hatte. Sie klingelte, wartete, klingelte zweimal hintereinander, wartete... nichts rührte sich. Dass Erich nicht zu Hause war, konnte sie ausschließen und Wut kochte in ihr hoch.

Sie klingelte bei der Nachbarin, bei der sie einen Ersatzschlüssel hinterlegt hatte. Sie öffnete direkt.

„Du, Christine, ich hab mich ausgesperrt und bräuchte kurz den Schlüssel…"

„Hallo Fiona, klar, Moment." Christine drehte sich zu dem Schlüsselkasten, der im Flur an der Wand hing, um.

„Ist der Erich unterwegs?"

Sie legte den Schlüssel in Fionas hingehaltene Hand.

„Einen Moment, ich bring ihn dir gleich wieder."

Fiona huschte hinüber, öffnete ihre Türe, ging zurück, drückte Christine den Schlüssel dankend wieder in die Hand und schon war sie weg. Christine schloss kopfschüttelnd die Tür.

Fiona schlüpfte hastig aus ihren schmutzigen Schuhen und stapfte ins Wohnzimmer.

„Erich! Zum Donnerwetter nochmal! Ich hab geklingelt!"

Erich zuckte nur kurz zusammen bei ihrem barschen Ton.

„Kannst du noch nicht mal deinen Hintern aus deinem bescheuerten Sessel heben, um die Tür zu öffnen?! Ich musste bei Christine den Ersatzschlüssel holen!"

Er sah nicht auf, er reagierte nicht, gab keine Antwort, saß nur zusammengesunken in seinem Sessel. Einen Moment lang starrte sie ihn wütend an, dann stieß sie einen kleinen, zornigen Schrei aus, schnappte eines der Sofakissen und warf es nach ihm, was er lediglich mit einem kurzen Zwinkern honorierte. Wutschnaubend verließ sie das Zimmer, wobei sie die Tür laut zuschlug. Endlich, da war er, der ersehnte Knall. Sie wünschte Erich nach Madagaskar (oder wo war das nochmal, wo der Pfeffer wächst?) und machte sich in der Küche mit lautem Geklapper daran, das verspätete Mittagessen fertig zu machen.

Erich schubste das Kissen mit seiner flachen Hand zu Boden, griff nach seiner Flasche, nahm einen großen Schluck.

Ich weiß gar nicht, worüber sie sich so aufregt. Sie ist doch reingekommen.

Jeder Handgriff Routine, brauchte Fiona nicht allzu lange, um das Essen fertig zu machen.

Was soll ich bloß tun? Wie krieg ich ihn dazu, endlich wieder aus seinem Sessel rauszukommen, den würde ich mittlerweile am liebsten auf die Müllkippe werfen! Genau, Erich, was machst du dann? Oder ich könnt ihm rechts und links eine reinhauen, vielleicht wird er dann endlich wieder wach.

Wutschnaubend gab sie noch Salz und Pfeffer in die Erbsensuppe, rührte noch einmal um, schöpfte die beiden bereitgestellten Teller voll, zwei Scheiben Brot und Besteck dazu und trug sie hinüber. Die Tür, die sie zugeworfen hatte, öffnete sie mit dem Ellbogen, lieblos klatschte sie einen Teller auf Erichs Platz, setzte sich dann selbst und begann wortlos zu essen. Sie hatte den Eintopf total versalzen, weshalb sie kurz das Gesicht zu einer Grimasse verzog, aber ihr Hunger war mittlerweile groß genug, um sie dennoch zu essen. Sie holte sich noch eine zweite Scheibe Brot.

Wie eine Puppe stand Erich auf, setzte sich seiner Frau gegenüber und aß, ohne einmal aufzusehen. Sein Teller war fast leer, da erhob er sich schon wieder, schlurfte zurück zu seinem Sessel, von dem aus er wieder vor sich hinstarrte. Fiona stütze ihren Kopf in beide Hände und seufzte.

Ändert sich das nochmal? Oder sieht so etwa der Rest meines Lebens aus? Ich hab nicht nur meinen Sohn verloren, mit ihm auch meinen Mann. Was mach ich eigentlich?

Das Klingeln an der Haustüre riss sie abrupt aus ihren schwermütigen Gedanken.

Schwer erhob sie sich, nahm das schmutzige Geschirr gleich mit und öffnete die Tür.

„Linda, Tim, was für eine Überraschung! Kommt rein."

Tim umklammerte ihre Beine.

„Hallo Omi."

Sein Strahlen ließ die Sonne aufgehen. Linda begrüßte sie mit einem Kuss auf die Wange und Fiona umarmte sie mit der freien Hand.

„Schön, dass ihr da seid, mein Kind. Ich bring nur schnell das Geschirr in die Küche, was möchtet ihr trinken?"

Linda grinste.

Sie ist fast einen Kopf kleiner als ich, ob sie schon immer so klein war oder ist sie schon geschrumpft? Schade, dass ich das Paul nie gefragt habe. Irgendwie erinnert sie mich an Rose von den Golden Girls...

Linda folgte ihr in die Küche und schnupperte.

„Hm, das riecht gut. Hast du noch was übrig?"

Fiona errötete leicht. „Ich hab´s versalzen."

Linda holte sich einen Löffel aus der Schublade und probierte. Verwundert zog sie eine Augenbraue nach oben.

„Tatsächlich. Darf ich bitte trotzdem was abhaben? Ich hab heut noch nichts gegessen... vielleicht mit Brot und einem Glas Wasser?"

Sie zwinkerte Fiona freundlich zu, die bereits nach einem frischen Teller griff.

„Hier, nimm so viel du magst."

Unterdessen war Tim ins Wohnzimmer gelaufen und sie hörten Erichs erfreute Stimme.

„Ja, wer ist denn da? Mein Lieblingsjunge! Komm her und lass dich begrüßen!"

Sie gingen hinüber und Linda setzte sich an den Tisch um zu essen, Fiona stellte ihr das

Glas und die Wasserflasche daneben. Sie blieb stehen und beobachtete Erich. Er hatte Tim auf seinen Schoß gezogen, seine Arme um ihn gelegt und drückte ihn fest an sich, bevor er ihm einen dicken Kuss auf den Kopf drückte.

„Wollen wir Mensch ärgere dich nicht spielen?"

„Jaaaa!" Tim sprang auf, holte die Schachtel aus dem Schrank und begann, die Spielfiguren aufzubauen. Erich stand auf, setzte sich zu ihm auf die Couch und nahm sich einen Würfel.

Kraftlos ließ Fiona sich auf einen Stuhl sinken. Es war jedes Mal dasselbe. Wenn Tim da war, erwachte Erich wieder zum Leben, um direkt wieder in seiner Lethargie zu versinken, sobald der Junge wieder weg war.

„Ist alles in Ordnung?" Linda hatte sie beobachtet.

„Oh, ja, natürlich, alles bestens!"

Fiona wollte die junge Frau nicht mit ihren Problemen belasten, Linda hatte es selbst schwer genug.

„Wie geht es euch?", fragte sie stattdessen.

„Na ja, geht so. Ich bin froh, dass ich Tim und meine Arbeit hab, so werde ich auf Trab gehalten."

Sie versuchte sich an einem kleinen Lächeln. Die Abende, die sie alleine auf dem Sofa verbrachte, das sie mit Paul geteilt hatte, die Nächte, in denen sie nicht schlafen konnte, weil sie ihn so sehr vermisste, verschwieg sie.

„Ich mache uns Kaffee." Fiona verließ das Wohnzimmer und man hörte, wie sie das schmutzige Geschirr in die Spülmaschine räumte. Kurz darauf duftete es schon nach frisch gebrühtem Kaffee. Linda hatte ihren Teller geleert und stürzte ein ganzes Glas Wasser auf einmal hinterher, bevor sie ihr Geschirr in die Küche brachte, Fiona hatte schon drei Tassen bereitgestellt.

„Der Kaffee ist gleich durch."

Jubelgeschrei drang herüber, Tim hatte eine von Opas Figuren des Platzes verwiesen und Linda ging lachend zurück.

„Die nächste Runde spielen wir mit."

„Au ja!"

Als Fiona mit dem Tablett in den Händen das Wohnzimmer betrat, kniete Linda neben Tim auf dem Teppichboden und feuerte ihn an, während Erich ein gespielt entgeistertes Gesicht machte, weil der Junge ihm sein zweites Männchen nach Hause schickte.

Tim jauchzte vor Freude.

„Ich hab dich geworfen, ich hab dich geworfen!", dann begann er zu singen, „Opa wird verlieren, Opa wird verlieren…"

Fiona kicherte, stellte das Tablett ab und reichte jedem seine Tasse, sie wusste, wer seinen Kaffee wie mochte und hatte in der Küche Linda Milch und zwei Löffel Zucker und Erich lediglich einen Spritzer Milch hineingetan. Der Kleine war so herzerfrischend und erneut fühlte sie diese wunderbare Wärme in sich aufsteigen, die sie im Wald oben erfüllt hatte. Das also war es, Erichs Kraftplatz war Tim, der Platz, der ihn zurückholen konnte.

Tim sprang auf und brach in regelrechtes Indianergeheul aus.

„Ich hab gewonnen, ich hab gewonnen", dabei hüpfte er um den Tisch und Linda und

Erich griffen geistesanwesend schnell nach ihren Tassen.

„Du Räuber du!", Erich gab ihm einen leichten Klaps auf den Hintern, wobei der Kleine nur noch mehr lachte, „einen alten Mann so platt zu machen.

„Komm, Oma, jetzt alle zusammen!", forderte Tim und stellte auch schon für alle vier die Männchen auf die vorgesehenen Felder. Fiona nahm ihre Tasse und setzte sich neben Erich auf das Sofa. Sie wühlte in der Schachtel herum, bis sie einen Würfel fand. „Los geht´s! Mich machst du nicht so leicht fertig wie deinen Großvater!"

Zu viert dauerte das Spiel eine Ewigkeit und artete in eine lautstarke Schlacht aus. Tims Wangen glühten vor lauter Aufregung, als er endlich seine letzte Figur ins Ziel rückte und mit Gejohle zu seinem Sieg beglückwünscht wurde. Linda erhob sich langsam vom

Boden, ihre Glieder waren von dem langen Knien steif geworden und sie streckte ihren Rücken durch wie eine Katze, bevor sie das Kaffeegeschirr einsammelte und in die Küche brachte.

„So, mein Großer, jetzt wird es aber Zeit nach Hause zu fahren", meinte sie, als sie zurückkam.

„Och nee…", wollte er meutern, doch sie ließ keinen Widerspruch zu.

„Oh doch, du musst noch baden und dann wird es schon bald Zeit für´s Bett.

„Oh Menno", maulend stand er auf und kuschelte sich in die Arme seiner Großeltern.

„Tschüs Oma, tschüs Opa."

„Du kommst ja bald wieder und dann will ich eine Revanche", Erich zwinkerte ihm zu.

„Genau!" Fiona drückte ihm einen Kuss auf die Wange und wuschelte durch sein Haar.

„Oma!"

Er versuchte, seine Haare wieder aus dem Gesicht zu streichen, aber irgendwie sah es danach noch wirrer aus.

„Du musst wieder zum Frisör, deine Haare sind zu lang."

Wie oft hatte Fiona diesen Satz zu ihrem Sohn gesagt…

Während Linda sich verabschiedete, hüpfte Tim nochmal im Kreis herum: „Schnipp schnapp, Haare ab."

Dann nahm seine Mutter ihn an die Hand und sie hörten, wie die Haustüre zuschlug. Fiona seufzte und ging in die Küche, um das Geschirr in die Spülmaschine zu räumen, die sie auch gleich startete.

Als sie zurück ins Wohnzimmer kam, saß Erich wieder in seinem Sessel und starrte in die Leere. Zaghaft ging sie auf ihn zu, ging vor ihm in die Hocke, legte sanft ihre Hand auf seinen Oberschenkel und streichelte ihn zärtlich.

„Erich, mein Liebling, sieh mich an, bitte, sieh mich doch an", flehte sie, doch er zuckte noch nicht einmal mit der Wimper.

„Rede mit mir! Erich! Ich kann Paul nicht zurückholen, er ist fort, für immer. Aber ich bin noch da! Siehst du mich denn nicht?" Heiß fühlte sie ihre Tränen und vergrub ihr Gesicht in seiner Hose, in die sie sich mit beiden Händen krallte.

„Lass mich nicht allein, lass mich doch nicht so allein."

7

Als Linda zuhause angekommen war, richtete sie für Tim gleich das Abendbrot.

„Was möchtest du drauf?"

„Nutella!", kam es, wie aus der Pistole geschossen.

Sie holte das Glas aus dem Schrank, öffnete es und beschmierte die Scheibe Brot, die sie schon auf einem Teller bereitgelegt hatte. Sie konzentrierte sich darauf, die Schokoladenmasse akribisch gleichmäßig zu verteilen und glatt zu streichen, schüttelte über sich selbst den Kopf, als sie es bemerkte, dann ritzte sie mit dem Messer ein Smiley Gesicht hinein, bevor sie den Teller vor Tim auf den Küchentisch stellte. Er kicherte, als er es sah und begann zu essen, während sie ihm wortlos ein Glas Milch reichte und lächelte, als sie sah, wie verschmiert sein Gesicht bereits war, fast bis zu den Ohren. Sie holte einen Waschlappen aus dem Bad und ließ in der Küchenspüle Wasser laufen, drückte ihn dann etwas aus und wischte Tim Gesicht und Hände ab, als er fertig war.

„So, du kleiner Schokoladenmann, ab ins Bad, zieh dich schon mal aus."

Lachend rannte er los. Linda spülte rasch den Teller und das Glas, stellte beides zum Abtropfen auf die Spüle und folgte ihm. Er hatte sich bereits komplett entkleidet und sie drehte den Wasserhahn an der Badewanne auf.

„So, welche Farbe hätte der junge Mann denn gerne?"

„Au ja, Tinti! Blau!"

Linda entnahm der Schachtel das gewünschte Päckchen, mit dessen Inhalt sich das Badewasser in das gewünschte Blau verfärbte.

„Oh Mann, wie das Meer!"

Begeistert kletterte er auch schon hinein und tauchte ab. Linda musste immer zählen, wie lange er es schaffte, unter Wasser zu bleiben, sie zählte immer schnell oder gab noch was drauf und freute sich danach an seiner stolzgeschwellten Brust. Unter viel Gelächter seifte sie ihn ein und wusch ihm die Haare, die sie, bevor sie das Shampoo ausspülte, zu einem Hahnenkamm aufstellte, den sie ihm im Handspiegel zeigen musste. Vorsichtig spülte sie ihm die Haare aus, er hielt den Kopf etwas nach hinten, damit ihm das Shampoo nicht in die Augen lief.

„Pass bloß auf, Mama!", ermahnte er sie.

„Natürlich pass ich auf!"

Sie grinste, die Erfahrung, dass das Shampoo in den Augen brannte, hatte Tim gemacht, als er mal zu zappelig war und nicht still hielt beim Ausspülen, seitdem saß er ruhig wie ein Lämmchen beim Haare waschen.

„So, fertig!"

Linda drehte das Wasser ab, hängte den Duschkopf zurück, zog den Stöpsel aus der Wanne und strich Tim mit den Händen die größte Menge Wasser aus dem Haar.

„Raus mit dir."

Sie half ihm aus der Wanne und reichte ihm das Handtuch.

„So, noch Haare kämmen… Oma hat recht, morgen gehen wir zum Frisör."

„Och nee…", Tim zog eine Leidensmiene, die Linda zum Lachen brachte.

Pauls Haar wuchs auch so schnell, irgendwie war es immer zu lang, weil er den Frisörbesuch auch immer so weit weg wie möglich schob. Mein geliebter Paul, ich vermisse dich so sehr… mein geliebter Junge, du bist ihm so ähnlich, doch du kannst es nicht wissen, wie sehr du mich an ihn erinnerst.

Sie hielt Tim den Schlafanzug hin.

„Das kann ich aber alleine, Mama."

Sie kicherte, als er die Hose falsch herum anzog, sagte aber nichts, er wollte ein Großer sein, dann sollte er das auch. Er griff nach seiner Zahnbürste und putzte seine Zähne, dann gähnte er. Unter Stöhnen hob sie ihn hoch und setzte ihn auf ihrer Hüfte ab.

„Mein lieber Schwan, du wirst wirklich langsam ein Mann! Du bist schon so schwer, dass ich dich bald nicht mehr tragen kann."

Tim kicherte vor Freude. Sie setzte ihn auf seinem Bett ab und er kuschelte sich sogleich unter seine Decke. Er sah sie mit großen Augen an und streckte ihr seine Ärmchen entgegen. Eine Welle der Zärtlichkeit überkam sie und sie schlüpfte wortlos zu ihm ins Bett. Tim deckte sie fürsorglich mit zu, kuschelte sich eng an sie, seine Wärme tat ihr so gut.

„Mama, aber du brauchst keine Angst zu haben. Auch wenn ich groß bin, bleibe ich bei dir, ich lasse dich niemals allein."

Ihr Herz krampfte sich zusammen, der Schmerz überrollte sie wieder mit ungeahnter Kraft, sie spürte, wie ihre Augen feucht wurden und zwinkerte schnell.

„Ich hab dich sehr, sehr lieb, mein kleiner Schatz! Schlaf schön." Sanft streichelte sie ihm über sein noch feuchtes Haar.

„Ich hab dich auch lieb!", murmelte er müde und gleich darauf verriet ihr sein ruhiges Atmen, dass er bereits eingeschlafen war.

Ihr Inneres schrie und es fühlte sich an, als würde ihr jemand den Brustkorb zusammendrücken und ihr die Luft zum Atmen nehmen wollen.

Das hast du mir auch versprochen, du hast gesagt, du wirst mich nie alleine lassen und jetzt?! Du hast dein Versprechen nicht gehalten, du bist einfach gegangen, plötzlich warst du nicht mehr da! Was hast du dir dabei gedacht?!

Sie wandte das Gesicht ihrem Sohn zu und sog seinen Duft ein.

Und auch du wirst irgendwann gehen...

Lautlos weinte sie sich in den Schlaf.

8

Als Bastian am Abend nach Hause gekommen war, hatte er schlecht gelaunt die Haustür hinter sich ins Schloss geworfen und seine Schuhe regelrecht in die Ecke geworfen. Er fühlte sich müde und ausgelaugt. Der Streit mit Linda hatte ihn sehr mitgenommen. Er ging ins Wohnzimmer, sah, dass der Anrufbeantworter blinkte und drückte die Play Taste. Er zuckte zusammen, als er Utes Stimme erkannte.

„Hallo Bastian, ich bin´s", deutlich hörte er ein Räuspern, „also… also, ich wollte dir nur sagen, dass, naja, ich bin ja jetzt mit Andreas zusammen und… ähm, ja, also: Ich will die Scheidung, du wirst also demnächst Post von meinem Anwalt bekommen."

Aufgelegt. Alles schien sich um ihn zu drehen, ihm wurde schlecht. Es war, als würde ihm jemand den Boden unter den Füßen wegziehen. Er taumelte zur Couch, ließ sich darauf fallen und schlug die Hände vors Gesicht.

Ich wusste ja, dass wir ein Problem haben, dachte mir, dass ein anderer Mann im Spiel ist... aber das, so endgültig? Bedeute ich dir denn gar nichts mehr? Wir haben uns doch geliebt! Hätte unsere Ehe nicht wenigstens eine Chance haben sollen? Du hast es noch nicht mal für nötig gehalten mit mir zu reden, stattdessen haust du einfach mit einem anderen ab?

Er rannte ins Badezimmer, schleuderte den Klodeckel nach oben und übergab sich.

Kalkweiß im Gesicht rappelte er sich langsam wieder auf, spülte seinen Mund aus und wusch sich Gesicht und Hände. Erschöpft legte er sich wieder auf die Couch und starrte an die Decke mit einem Gefühl vollkommener Leere. Irgendwann fielen ihm die Augen zu. Der Halbschlaf war es, der ihn zurückführte in die Vergangenheit, ihn eintauchen ließ in die Erinnerung, wie er damals gerade den neuen Job angetreten war, kurz darauf zur Weihnachtsfeier ging, in der Hoffnung, die neuen Kollegen bei dieser Gelegenheit besser kennenzulernen, vielleicht gar Kumpels zu finden, mit denen man auch mal nach Feierabend ein Bier trinken gehen konnte, schließlich war er neu in der Stadt gewesen.

So betrat er ganz alleine den Festsaal, der voll von fremden Menschen für ihn war, die überragt wurden von einem riesigen, deckenhohen Weihnachtsbaum, der mit bunten Kugeln und silberfarbenem Lametta geschmückt in allen Farben zu erstrahlen schien. Leute standen in kleineren Grüppchen beisammen und unterhielten sich und so langsam verließ ihn der Mut, mit dem er hergekommen war, wie sollte er hier Anschluss finden? Bastian erinnerte sich, dass er schon überlegte, ob er nicht besser wieder gehen solle, als diese sexy, langbeinige Rothaarige zielstrebig auf ihn zukam und ihn mit einem betörenden Augenaufschlag ansprach.

„Du bist der Neue, nicht wahr? Komm mit!"

Er konnte ihre rauchige, betörende Stimme hören, als stünde sie gerade wieder direkt vor ihm und ein Ziehen in seinem Unterleib begann sich breitzumachen.

Unversehens hatte sie sich bei ihm eingehakt und zog ihn mit sich, um ihn vorzustellen.

„Also Leute, das ist unser Neuer… wie heißt du eigentlich?"

Sie bedachte ihn mit einem fragenden Blick.

„Bastian", wo war nur seine Stimme geblieben? Er räusperte sich und versuchte es nochmal. „Guten Abend, ich heiße Bastian." Geht doch!

„Okay, Bastian, ich bin Ute, das hier sind Linda und Erik."

Höflich begrüßte er alle mit einem Händedruck, während Ute ihn nicht loslassen zu wollen schien, weiterhin blieb sie eingehakt, er fühlte ihren streichelnden Daumen auf seinem Arm und roch ihr schweres, betörendes Parfum. Im ersten Moment schaute er etwas verdutzt drein, sein zweiter Gedanke war gewesen, dass sie vielleicht schon etwas zu viel getrunken hätte und gleichzeitig erregte ihn diese kleine Geste bereits, so dass es ihm kaum möglich war, den Gesprächen der anderen zu folgen. Andererseits hörte man ja genug, was teilweise so auf Betriebsfeiern abging, nur: ihm war so etwas noch nie passiert und im Schlaf fühlte er die Hitze in sich aufsteigen, die ihn damals so überwältigt hatte.

Und dann kam er, Paul, der sich, peinlich berührt, als Utes Freund vorstellte. Trotz seiner offensichtlichen Verunsicherung wirkte er auf Anhieb sehr sympathisch und Bastian entzog Ute schnell seinen Arm. Aus unerfindlichen Gründen hatte er ein schlechtes Gewissen verspürt. Linda und Erik unterhielten sich gleich nett mit Paul. Gern hätte er sich an der allgemeinen Unterhaltung beteiligt, an dieser lockeren, lustigen Stimmung, doch Ute ließ ihn nicht eine Minute aus ihren Fängen, verwickelte ihn ununterbrochen von einem Gespräch ins nächste und flirtete unverhohlen mit ihm.

Selbst als es später zu Tisch ging, hatte er keine Chance gehabt, ihr zu entgehen. Sie hatte sich direkt neben ihn gesetzt und den ganzen Abend über hatte sie tunlichst darauf geachtet, sein Bein mit ihrem zu berühren. Bastian war hin und her gerissen zwischen ihren Verführungskünsten und seinem Gewissen. Später, nach dem Essen, waren Linda und Paul nach draußen gegangen um zu rauchen, was Ute ermutigte, noch einen Schritt weiter zu gehen. Während er versuchte, ihr zu entrinnen und mit Erik ein Gespräch zu beginnen, spürte er plötzlich ihre Hand auf seinem Knie.

„Ja, Erik, also, ich bin ganz neu in der Stadt."

Er zog sein Bein zur Seite.

„Ich würde mich freuen", sie rückte unauffällig mit ihrem Stuhl nach, „heute Abend vielleicht ein paar nette Kollegen näher kennenzulernen", wieder ihre Hand auf seinem Knie, „mit denen man vielleicht nach Feierabend auch mal was trinken gehen kann."

Langsam wanderten ihre Finger an seinem Innenschenkel nach oben, er sog scharf die Luft ein, als sie begann, ihn an seiner intimsten Stelle zu streicheln.

Er erhob sich so hastig, dass sein Stuhl drohte umzukippen.

„Ich muss mal schnell zur Toilette", entschuldigte er sich mit rotem Kopf bei Erik, hoffend, dass unter seiner Anzughose nichts von seiner Erektion zu sehen war. Schnell schloss er den untersten Knopf seines Sakkos und hastete durch den Saal Richtung Ausgang. Vom Eingangsbereich des Hotels konnte er durch die Glastüren draußen Paul und Linda auf einer Mauer sitzen sehen. Sie unterhielten sich und rauchten. Bastian lehnte sich an die

Wand, atmete tief durch und begann, sich zu entspannen.

Bastian erwachte aus seinem Halbschlummer, langsam realisierte er, wo er war.

Ich hab noch nicht geduscht, seit ich nach Hause gekommen bin.

Er rappelte sich auf, ging hinüber ins Badezimmer, duschte und schlüpfte in seine bequeme Jogginghose.

Morgen würde er mit Linda reden, sich bei ihr entschuldigen.

9

Dazu sollte sich jedoch vorab keine Gelegenheit ergeben, Linda ging Bastian aus dem Weg, sie machte pünktlich zur Mittagspause Feierabend und verschwand ungesehen.

Sie hatte keine Lust auf ein Gespräch mit ihm, keine Lust zu streiten, keine Lust auf Entschuldigungen, sie fühlte sich einfach nur müde und abgeschlagen, wollte ihre Ruhe haben. Sie lebte ihren Trott, brachte morgens Tim zur Schule, ging zur Arbeit, holte ihn direkt danach wieder ab, verbrachte den Rest des Tages mit ihm und brachte ihn abends zu Bett.

Es war ein Freitag, Tim war gerade eingeschlafen, als es sachte an der Türe klopfte.

„Hallo Erik, komm rein."

Erik war ihr langjähriger Freund, Kollege, Tims Patenonkel und wohnte im gleichen Haus, im Erdgeschoß und in all diesen Funktionen lag ihm daran, sich um Linda und Tim zu kümmern.

Hier bei Linda war quasi sein zweites Zuhause und so ging er einfach durch ins Wohnzimmer, fläzte sich auf die Couch und stellte die mitgebrachte Flasche Rotwein auf den Tisch.

„Schläft Tim schon?", wollte er wissen.

„Ja, klar", entgegnete Linda lächelnd, während sie zwei Gläser neben die Flasche stellte und Erik den Korkenzieher übergab. Sie setzte sich ihm gegenüber in den Sessel, Erik entkorkte die Flasche und goss ein, nahm sein Glas, roch genüsslich an der roten Flüssigkeit.

„Aaah, was für ein Bouquet, ich muss schon sagen, mein Geschmack ist einfach unübertroffen." Er zwinkerte ihr zu und Linda lachte, während sie anstießen.

„Du bist gar nicht von dir eingenommen", grinste sie.

„Eingebildet? Ich? Never! So, mein Schatz, jetzt erzähl mal dem lieben Erik, wie es dir geht."

„Gut!", antwortete sie knapp.

„So so, gut also."

Er musterte sie von oben bis unten.

„Linda Schatz, ich weiß, du magst das nicht mehr hören, aber du wirst immer dünner und die Schatten unter deinen Augen immer dunkler. Also, schön ist anders und du erzählst mir, es ginge dir gut."

Wie lange muss ein Mensch trauern? Wann wird es Zeit, in den Hintern zu treten, wieviel Zeit muss man lassen? Wieviel Zeit der Trauer kann ein Mensch ertragen?

Er sah, wie ihr Lächeln gefror und bereute seine rüden Worte. Eine andere Taktik musste her, aber es wollte ihm nichts anderes einfallen, als das, was er immer tat. Er stellte sein Glas auf dem Tisch ab, glitt vom Sofa vor ihr herunter auf die Knie und schlang seine Arme um sie. Ihr Körper fühlte sich noch dünner an, als er unter der weit geschnittenen Bluse erschien.

„Es tut mir leid."

Er spürte, wie sie regelrecht zusammensackte und sich plötzlich unter Weinen schüttelte.

„Schscht, ist ja gut", flüsterte er an ihrem Ohr, zärtlich streichelte er ihr übers Haar und wiegte sie wie ein Baby. Er ließ sie weinen, wollte, dass sie ihre Traurigkeit herausließ.

Wie viele Tränen hat ein Mensch?

Tatsächlich versiegten sie irgendwann, sie beruhigte sich etwas, griff nach ihrem Glas und leerte es in einem Zug. Wortlos schenkte er es ihr wieder voll.

„Tut mir leid." Ihre Stimme zitterte.

„Entschuldige dich nicht bei mir."

Erik setzte sich wieder auf das Sofa und zog seinen Pulli aus, wegen des nassgeweinten Flecks und Linda wagte erneut ein vorsichtiges Lächeln. Sie begann, die Wirkung des Weins zu spüren, der sie wärmte und leichter werden ließ.

„Entschuldige bitte, dass ich dich schon wieder voll geweint hab, aber was soll ich machen? Ich komm einfach nicht dagegen an", begann sie langsam.

Ja, Linda, rede, rede mit mir, komm, raus mit deinem Kummer, mit deinen Gedanken, dafür bin ich da. Alles, was ich will ist, dich wieder glücklich zu sehen.

„Ich weiß ja, es ist schon über ein Jahr her, aber, weißt du, es ist… es ist so gegenwärtig, manchmal fühlt es sich an, als wäre es gestern erst passiert. Es tut so weh, dass ich den Schmerz kaum ertragen kann. Ich… ich kann es einfach nicht fassen, dass er nicht mehr da ist, einfach fort, dabei sollte er doch hier sein, hier bei mir, mit mir zusammen alt werden, er hatte es mir doch versprochen!"

Unablässig liefen sie wieder, die Tränen, doch sie waren nebensächlich geworden, sie schien sie nicht mehr zu spüren, ein scheinbar endlos strömender Wasserfall.

Erik beobachtete, wie sie auf ihre Jeans tropften und auch da einen nassen Fleck bildeten, sagte aber nichts, reichte ihr lediglich ein Taschentuch, weil ihre Nase lief.

Endlos? Sind es endlos viele Tränen, die ein Mensch weinen kann? Könnte man das Universum mit den Tränen der Menschen füllen?

„Weißt du, manchmal, wenn ich das Abendessen zubereite, schau ich in der Küche auf die Uhr und denke, gleich kommt er. Und dann..."

Sie bebte, nahm wieder einen Schluck Wein, lehnte sich zurück. Er konnte ihr ansehen, wie sehr sie versuchte, sich zusammenzureißen.

„Wenn Tim nicht wäre..." Beim Gedanken an ihren Sohn entspannte sie sich merklich und ein seliges Lächeln verzauberte ihr Gesicht. „Tim, weißt du, ich bin so froh, dass ich ihn hab, meinen kleinen Sonnenschein. Er ist ihm so ähnlich, Paul so unglaublich ähnlich…"

Ihr verklärter Blick wanderte zu seinem Gesicht, sie sah ihn an und doch nicht und Erik selbst kämpfte mit seinem aufgewühlten Inneren, kämpfte dagegen, selbst zu weinen.

Ich bin hier, um dir Kraft zu geben, nicht um dich herunterzuziehen.

Arme Linda, wie kann ich dir nur helfen, wo ich selbst doch traurig bin, was kann ich denn nur tun? Ich stehe dir so völlig machtlos gegenüber, finde die richtigen Worte nicht, die richtigen Worte… gibt es sie?

Nun war er es, der den Inhalt seines Glases hinunterstürzte. Er fühlte, dass seine Zunge schwer war, als er zu sprechen begann.

„Ich vermisse ihn auch sehr! Paul war ein besonderer Mensch, ein guter Freund. Du weißt, dass ich nie sonderlich viele Freunde hatte, aber Paul war einer davon."

Aus dem Nichts heraus musste er plötzlich lachen und schaute Linda an, die verwundert den Blick hob.

„Weißt du, dass Paul und ich ein Geheimnis hatten? Ich gehe jede Wette ein, dass er es dir nie erzählt hat!", er kicherte wie ein kleines Mädchen.

Linda schnappte sich eines der Sofakissen und warf es nach ihm.

„Los, erzähl es mir! Sofort!", forderte sie.

„Naja, damals wusste doch niemand außer dir, dass ich schwul bin. Mein damaliger Freund hatte die Beziehung beendet, erinnerst du dich, und ich fühlte mich sehr einsam. Ich war ja noch so schüchtern, stand nicht zu mir und traute mich nicht, entsprechende Kontakte zu knüpfen. Da hab ich mir irgendwann ein Herz gefasst und mich Paul anvertraut und er hat dann mit mir Schwulenbars abgeklappert, bis wir eine fanden, in der ich sympathische Leute getroffen hab. Und er hat nie was ausgeplaudert. Er hat mich zwar dazu ermutigt, mich zu outen, aber letztendlich alles mir überlassen. Ich konnte ihm vertrauen, er war ein wirklich guter Freund!" Dann wurde er wieder ernst. „Ich vermisse ihn auch, sehr!"

Er nahm Lindas Hände in seine und drückte sie. Linda strahlte. „Ja, so war er, so war er wirklich. Tatsächlich hat er mir nie davon erzählt und du auch nicht! Schöner Freund bist du!", kicherte sie. "Wann war das überhaupt?"

"Als du im Krankenhaus lagst und Tim entbunden hattest."

Er hob sein Glas und sein Blick wanderte zu dem Foto an der Wand.

"Auf dich, Paul!"

Linda tat es ihm nach.

"Ja, mein Liebling, auf dich!"

Erik blieb bei ihr, bis sie im Sessel eingeschlafen war, trug sie vorsichtig ins Schlafzimmer und legte sie sanft aufs Bett, wo er sie fürsorglich zudeckte. Gleich darauf begann sie leise zu schnarchen und er verließ auf Zehespitzen die Wohnung.

10

Fiona war wieder da, an ihrem Platz, ihrem Paul-Platz, wie sie ihn nun nannte. Täglich kam sie hierher, auf den Friedhof ging sie nur noch einmal die Woche. Sie hatte sich angewöhnt, Max mitzunehmen, hier oben konnte sie ihn von der Leine nehmen und er konnte sich austoben. Nur mit ihm teilte sie ihr Geheimnis, das Geheimnis um diesen Ort, dessen Zauber verloren ginge, würde jemand davon wissen. Davon war sie fest überzeugt.

Sie lehnte sich mit der Hüfte ans Geländer und stützte die Unterarme darauf, sog tief die frische Luft ein und genoss den Duft der Frühlingsblumen, die die Herrschaft auf der Wiese übernommen hatten, den Duft der Bäume, die sich sanft im schwachen Wind wogen, die unendliche Weite, die sich vor ihr erstreckte und ihr das Gefühl vermittelte, dass es mehr gab, viel mehr.

Hallo mein Junge, wie geht es dir heute, was machst du so da oben?

Sie stellte sich vor, wie er vom Himmel herab lächelte, sie zu grüßen, wie sein Terminplan voll war mit den Namen etlicher Menschenkinder, denen er zu helfen hatte und sie lächelte. Lächelte bei dem Gedanken, wie ihr Paul von Ort zu Ort flog, um seine Arbeit zu tun und doch war er immer auch bei ihr, in ihrem Herzen. Trug Sorge, dass es ihr gutginge.

Das ist doch möglich, nicht wahr? Ich stelle mir vor, da wo du bist gibt es nicht Zeit, nicht Raum. Und deshalb ist es möglich, stimmt's, Paul?

Max winselte aufgeregt und sie drehte sich um, um nach ihm zu sehen. Eifrig war er dabei, ein tiefes Loch in die Wiese zu graben. Ein Maulwurf? Eine Wühlmaus? Zwischendurch steckte er immer wieder den

Kopf hinein und schnupperte, weshalb seine Schnauze ganz schwarz von der Erde war. Fiona lachte.

„Du kleiner Dreckspatz, schau, wie du aussiehst. Was ich zu Hause mit dir machen werde, wird dir nicht gefallen."

Sieh nur, was er macht, wie er aussieht, mein Hund, unser Hund, du hast ihn gefunden, du hast ihn mir geschenkt.

Kopfschüttelnd lief sie zu dem Hund hinüber, leinte ihn an und zog ihn weg, was ihm gar nicht passte und er mit einem missmutigen Blick quittierte.

„Na komm schon, Mäxchen, lass dem armen Tier seine Ruhe. Lass uns nach Hause gehen."

Ergeben trottete er neben ihr her. Daheim angekommen, brachte sie ihn direkt durch das kleine Türchen in den Garten, eilte nach drinnen, um das Shampoo zu holen, band ihn dann an dem kleinen Bäumchen neben dem Wasserhahn fest und nahm den Schlauch zur Hand.

„Dann wollen wir mal."

Hingebungsvoll wusch sie den schmutzigen, struppigen Hund, der sich immer wieder schüttelte, in der Hoffnung sein Fell wieder trocknen zu können, was Fiona dazu brachte, immer wieder laut zu lachen. Bis sie mit ihm fertig war, war sie genauso nass wie er.

Als sie endlich mit ihm fertig war, nutzte er die Tatsache aus, dass sie auf der Erde kniete. Freudig um sie herum springend forderte er sein Frauchen zum Spielen heraus, sie tat ihm den Gefallen und tollte mit ihm auf der Wiese herum, fand seinen Ball und warf ihn für ihn. Für einen kurzen Augenblick meinte sie, Erich am

Küchenfenster stehen zu sehen, doch als sie den Kopf wandte und hinsah, war er nicht da, oder nicht mehr da?

Erich hatte in seinem Sessel gesessen, so wie stets.

Dieses Loch, dieses tiefe, schwarze Loch. Ich schaff es nicht, ich komm nicht raus. Zu tief, zu dunkel, ich sehe nichts. Alles in mir schreit vor Schmerz, es hört einfach nicht auf. Ich kann nichts hören, außer dieses Schreien in mir, spüre nur diese quälende, innere Leere.

Paul, mein Junge, wann kommst du wieder und holst mich hier raus? Wenn du da bist, geht es ganz von allein. Paul, bitte komm!

Was ist das?

Irgendetwas hatte das Schreien in ihm übertönt.

Da! Da ist es wieder!

Es kommt von draußen. Paul? Mit Max?

Er stand auf und schlurfte ans Küchenfenster.

Ah, es ist nur Fiona mit Max. Zurück, zurück in meinen Sessel, schnell, da bin ich in Sicherheit. Warten, warten auf Paul. Fiona ist stark, viel stärker als ich. Sie ist nicht im schwarzen Loch. Fiona lacht. Fiona geht mit dem Hund spazieren, sie hat zu tun, immer hat sie zu tun, einkaufen, Wäsche waschen, putzen, kochen.

Fiona ist nicht da, sie ist nicht bei mir. Fiona lässt mich alleine. Fiona wartet nicht.

11

Nachdem Bastian hinnehmen musste, dass Linda ihm bewusst aus dem Weg ging, das Büro regelrecht fluchtartig Punkt zwölf Uhr verließ, gab er auf. Sie wollte nichts mehr mit ihm zu tun haben. Punkt. Genau wie Ute. Er hatte es offensichtlich mit zwei Frauen zu tun, mit denen man nicht reden konnte. Er versuchte, seine elenden Gefühle mit Wut zu kompensieren.

Blöde Weiber!

Auch von Ute hatte er seit diesem letzten Anruf vor ein paar Wochen nichts mehr gehört. Stattdessen hatte er, als er heute Abend von der Arbeit nach Hause gekommen war, einen Brief im Briefkasten gehabt, der Absender war eine Anwaltskanzlei.

Nun saß er auf der Couch und starrte auf den ungeöffneten Brief, sein Kopf war irgendwie leer, als hätte jemand Watte hineingestopft. Nach einer gefühlten Ewigkeit nahm er ihn in die Hand, las zum x-ten Male den Absender: Rechtsanwaltskanzlei Müller.

Hätte sie nicht wenigstens einen mit 'nem vernünftigen Namen aussuchen können?! Müller, gewöhnlicher ging es wirklich nicht. Gewöhnlich, doch, passt, Ute ist gewöhnlich, unsere Ehe war gewöhnlich.

Verbittert knüllte er das Kuvert zusammen und warf es achtlos in eine Schublade. Er ging in die Küche, da stand noch eine ungeöffnete Flasche Whiskey, die er zum letzten Geburtstag geschenkt bekommen hatte. Er trank solches Zeug eigentlich gar nicht und hatte sie, ehrlich gesagt, zum Weiterverschenken stehen gelassen. Jetzt nahm er sie, setzte sich, schraubte sie auf und nahm einen kräftigen Schluck aus der Flasche.

Die Bar ist eröffnet.

Er begann melancholisch zu werden, erinnerte sich, dachte wieder zurück, wie alles begonnen hatte…

Er lehnte an der Wand auf dem Flur des Hotels und beobachtete Paul und Linda beim Rauchen. Als er sah, dass Paul seine E-Zigarette einsteckte und Linda ihre Zigarette ausdrückte, ging er zurück in den Saal und setzte sich wieder auf seinen Platz. Die beiden kamen gleich darauf und Paul stellte sich hinter Ute und legte ihr unsicher seine Hände auf die Schultern. „Wollen wir gehen?"

Utes Kopf schnellte zu ihm herum.

„Geh ruhig alleine, ich bleibe noch!" Ohne weiteren Kommentar wandte sie sich wieder Bastian zu und verwickelte ihn wieder in ein Gespräch, wobei sie ihre Hand auf seinen

Arm legte. Bastian war das so unangenehm gewesen, dass er gar nicht mehr wusste, wo er noch hinschauen sollte.

Teufelsweib!

Wie ein geprügelter Hund war Paul gegangen.

Ihr Bein berührte seines. Wieder spürte er, wie sie ihre Hand auf seinen Innenschenkel legte.

„Ich geh dann auch mal, ist ja schon spät!" Schnell war er aufgestanden. Genauso schnell erhob auch sie sich und bedachte ihn mit einem Augenaufschlag aus ihren grünen Augen und ihre Stimme schnurrte, sie erinnerte ihn an eine Katze. Er wartete nur darauf, dass sie ihre Krallen ausfuhr.

„Oh, kannst du mich bitte nach Hause bringen? Paul ist ja nun schon weg, es ist auch nicht weit."

Hätte ich nein sagen sollen?

Sie verabschiedeten sich von den anderen und verließen zusammen den Saal. Als sie ins Freie traten, schlug ihnen die Winterkälte entgegen, die er als wohltuend empfand in diesem Moment.

„Huch, ist das kalt!"

Er erinnerte sich noch gut an seine Verblüffung, als sie ganz unverhohlen ihre Hand in seine Gesäßtasche schob, um sie zu „wärmen". Langsam liefen sie über den Parkplatz zu seinem Auto, ihre Hand auf seinem Hintern. Der Parkplatz war schlecht beleuchtet, sein BMW stand in einer dunklen Ecke. Ganz Gentleman like wollte er ihr die Tür öffnen, als sie sich ihm plötzlich an den Hals warf, sie drückte sich mit ihrem ganzen Körper an ihn, die Hand in seiner Hosentasche griff nun zu, mit ihrer anderen Hand umfasste sie seinen Nacken, wühlte in seinem Haar, drückte ihre Lippen auf seine und ihre Zunge in seinen Mund.

Er war völlig überrumpelt gewesen, konnte nicht mehr denken und sein Körper reagierte nur noch. Seine Lippen öffneten sich ganz von alleine für sie, bereit für die leidenschaftlichen Küsse, die nun folgten und als ihre Hand aus seiner Gesäßtasche glitt und begann, seine Hose aufzuknöpfen, konnte er einfach nicht mehr anders. Er drückte sie gegen das Auto, schob mit einer einzigen Bewegung ihren kurzen, engen Rock nach oben.

Himmel, sie hat nichts darunter, gar nichts!

Und dann hatte er sie genommen, einfach so, hart, leidenschaftlich.

Danach hatte er sie nach Hause gefahren, sie hatte ihn mit rein genommen.

So hatte es angefangen. Und nun war es zu Ende.

Noch einen Schluck.

12

Es war Sommer, Linda konzentrierte sich ausschließlich auf Tim. Sie ging fast täglich mittags mit ihm ins Schwimmbad, er war eine richtige Wasserratte. Da er dort aber viele Freunde aus der Schule traf, mit denen er im Wasser toben wollte, lag sie dort meist alleine auf dem Handtuch, nur selten konnte sie sich aufraffen, selbst ins Becken zu gehen, das tat sie nur, wenn die Hitze für sie unerträglich war. Dann kühlte sie sich kurz ab und legte sich wieder hin.

Jemand müsste Tim das Schwimmen beibringen. Paul, das wäre deine Aufgabe. Ich bin zu müde.

Wenn Tim sich ausgetobt hatte, kam er zwischendurch zu ihr, legte sich neben sie. Dann betrachteten sie die Wolken am Himmel, versuchten, Bilder in ihnen zu erkennen.

„Sieh mal, Mama, ein Elefant!"

„Wo?"

„Na da!" Er zeigte mit seinem Finger in die Richtung und sie versuchte, den Elefanten auszumachen.

„Du bist dran!"

„Sieh mal, da ist ein Schmetterling."

„Jaaa, ich sehe ihn", Tim war begeistert, „jetzt ich wieder."

Sein Blick schweifte suchend umher, ganz aufgeregt setzte er sich auf.

„Da, da Mama, schau, ein Engel. Das ist bestimmt Papa, er will mir beim Spielen zusehen! Okay, Mama, ich geh dann wieder ins Wasser, bis nachher."

Ehe sie noch etwas sagen konnte, war er schon Richtung Becken verschwunden.

Linda versuchte, den Engel zu finden, aber sie fand ihn nicht.

Ab und an gingen sie zusammen in den Zoo, den meisten Spaß hatten sie, wenn sie sich samstags dazu entschlossen, dann kam Erik mit. Er verwöhnte Tim, holte ihm Eis, trug ihn auf seinen Schultern. Am meisten mochte Tim die Affen und die beiden machten sich einen Spaß daraus, diese nachzuäffen, Linda stand dann jedes Mal lachend daneben und machte sich über sie lustig.

Der Sonntag war stets der Oma und Opa Tag, Fiona lud die beiden immer zum Mittagessen ein. „Du musst was auf die Rippen kriegen, mein Kind!", sagte sie stets mit einem Blick auf Lindas schmales, blasses Gesicht. Sie machte es sich dann zur Aufgabe, Linda zu mästen und musste verwundert feststellen, dass sie doch eigentlich gut aß. Nachdem Essen erledigten die beiden Frauen dann die Küchenarbeit zusammen, unterhielten sich über belanglose Dinge. Wenn sie fertig waren, gingen sie mit Max zusammen spazieren, aber Fiona lief nie mit Linda zu ihrem Paul-Platz, der gehörte nur ihr.

Tim unterdessen hatte keine Lust „herum zu latschen", er blieb dann immer bei Opa, „Mensch ärgere dich nicht" oder „Schwarzer Peter" spielen.

Erichs Zustand blieb unverändert.

Es wurde September und somit näherte sich Tims Geburtstag.

„Was wünschst du dir denn?", fragte Linda.

Tim überlegte nicht lange.

„Machst du mir eine Spongebob Torte?"

„Oh je…"

„Bitte!"

Wer konnte diesen großen Kulleraugen schon widerstehen?!

„Okay, ich versuch´s, aber ich kann dir nichts versprechen."

Tim allein war Lindas Leben, doch sie selbst wurde irgendwie immer weniger. Sie war nervös, ihr war heiß, selbst nachts wachte sie dauernd auf. Albträume, die sie verfolgten, das Laken war nass geschwitzt, so dass sie oft mitten in der Nacht duschte und das Bett frisch bezog. Dennoch wollte sie dann nicht wieder in den Schlaf finden, wälzte sich unruhig im Bett, versuchte zu lesen, konnte sich aber nicht konzentrieren, las manchmal die gleichen Seiten zwei oder drei Mal, ohne zu erfassen, was da stand.

14. September, Tims Geburtstag.

Er war in der Schule und Linda würde ihn am Nachmittag zusammen mit drei Freunden abholen, die um achtzehn Uhr von ihren Eltern wieder abgeholt würden.

Sie hatte eine rechteckige Kuchenform für die Spongebob Torte gewählt, einen Rührteig, den sie nach dem Backen halbierte, um ihn mit Schokoladencreme zu füllen. Sie ließ den fertigen Kuchen abkühlen und begann dann, mit Lebensmittelfarben dem rechteckigen, braunen Ding Leben einzuhauchen. Sie verkünstelte sich regelrecht, bis sie endlich zufrieden mit ihrem Werk war, so dass sie die sieben Kerzen platzieren konnte. Als sie fertig war, voller Stolz auf dieses Meisterstück, stellte sie erschrocken fest, dass sie rennen musste, um nicht zu spät zu kommen, um die Kinder abzuholen.

Es war kein leichtes Unterfangen, vier Jungs, die die ganze Zeit fröhlich herumalberten, nach Hause zu bringen. Sie brauchten mindestens doppelt so lange für den Heimweg wie sonst und Linda war froh, als alle endlich am Tisch saßen, den sie am Vorabend schon gedeckt und dekoriert hatte, als Tim schlief. Sie zündete nun die Kerzen an und stellte den Kuchen in die Mitte, wo er mit lauten Begeisterungsrufen bestaunt wurde und sie erfreute sich an Tims leuchtenden Augen und seinem glücklichen Strahlen, als er mit geschlossenen Augen die Kerzen auspustete. Sie fragte nicht, was er sich wünschte, da war sie etwas abergläubisch, dass der Wunsch sonst vielleicht nicht in Erfüllung ginge. Die Zeit, in der die Kinder aßen, nutzte Linda zu einer kleinen Verschnaufpause, wofür sie ins Bad verschwand, das sie als einzigen

Zufluchtsort hielt, um dem Geräuschpegel einigermaßen zu entkommen.

Ich bin ja jetzt schon fix und fertig, dabei haben wir noch gar nicht richtig angefangen! Ich glaube, ich werde echt älter, letztes Jahr hab ich das alles noch mit links gemacht...

Sie gönnte sich fünf Minuten Ruhe, atmete tief durch und stürzte sich dann wieder ins Getümmel, verbrachte den Nachmittag mit Topfklopfen und Blinde Kuh spielen, als Gewinne hatte sie Minispielzeuge und Süßigkeiten gekauft, die die Kinder in kleine Tütchen steckten, die sie mit deren Namen beschriftet hatte. Sie hatten eine Menge Spaß und Tim war noch ganz aufgekratzt, nachdem seine Freunde längst abgeholt worden waren, während Linda gähnend aufräumte.

Es war später als sonst, bis sie Tim ins Bett bringen konnte, sie legte sich noch zu ihm, um mit ihm zu kuscheln.

„Das war so schön, Mama, danke!"

Glücklich drückte ihr der kleine Mann noch einen Kuss auf die Wange, bemerkte, dass sie eingeschlafen war, legte zufrieden seinen Kopf auf ihrer Brust ab und streichelte ihren Arm. Dann stand er nochmal auf, holte im Wohnzimmer Pauls Foto von der Wand und schlüpfte wieder ins Bett.

So Papi, jetzt bist du auch dabei, danke für den schönen Geburtstag!

Erik fiel natürlich auf, dass Linda stetig müde zu sein schien, kam oft nach der Arbeit nach oben, spielte mit Tim, wenn er noch wach war. Manchmal bestellten sie Pizza oder kochten zusammen. Immer wieder versuchte er, mit ihr zu reden, guter Erik, aber es wollte ihr nicht besser gehen, er konnte es nicht ändern, er konnte einfach nur für sie da sein, sie ablenken. Besser wusste er nicht zu helfen, sie war ein so erbärmlicher Anblick geworden, dass für ihn das „In-den-Hintern-treten" kein Thema mehr war, er fühlte sich mehr und mehr verantwortlich, besorgte ihr die Getränke, damit sie nicht so schwer schleppen brauchte, trug ihr Einkaufstüten nach oben. Er wusste, dass dies kein Dauerzustand sein konnte, es musste sich was ändern, es musste besser werden. Irgendwann.

Linda verließ wie jeden Mittag Punkt zwölf Uhr eilig das Büro. Sie war froh, als sie im Auto saß.

Heiß, so heiß!

Schnell drehte sie die Klimaanlage stärker.

So müde… ich muss noch einkaufen gehen, bevor ich Tim abhole und die Wäsche stapelt sich zu Hause.

Sie startete den Motor und ohne vorher den Rückwärtsgang einzulegen, gab sie Gas. Rums! Sie hatte das vor ihr parkende Auto gerammt.

Scheiße!

Sie legte ihren Kopf aufs Lenkrad.

Das darf doch nicht wahr sein!

Prompt kullerten die Tränen.

Keine Kraft, keine Nerven…

Da öffnete jemand die Fahrertür, Bastian stand vor ihr.

Ausgerechnet!

Sie schämte sich noch immer, schämte sich für ihr fieses Verhalten damals im Café.

Langsam stieg sie aus, ihre Hände und ihre Beine zitterten. Bastian erfasste mit einem Blick ihre Verfassung und nahm sie am Arm.

„Hey, komm, setz dich hin, ist doch nicht so schlimm!"

Sie setzte sich auf den Boden, schlug die Hände vors Gesicht und schluchzte.

„Hast du dir wehgetan?" Besorgt musterte er sie.

„Nein."

„Hör mal, warte hier, ich geh schnell rein und sage Bescheid. Ich bin gleich wieder da."

Nach einem kurzen Blick auf das Kennzeichen des angefahrenen Fahrzeugs rannte er ins Büro, tatsächlich war er keine fünf Minuten später wieder bei ihr.

„Komm, ich fahr dich nach Hause. Morgen früh hol ich dich dann wieder ab und dann hast du dein Auto wieder. Das andere gehört Karl, morgen kannst du das mit der Versicherung mit ihm regeln, ist ja nur die Stoßstange."

Er half ihr auf und brachte sie zu seinem Wagen.

Während der Fahrt warf er immer wieder einen Blick zu ihr hinüber.

Himmel, was ist mit ihr? Sie ist so dünn geworden... und blass. Sie zittert ja wie Espenlaub. Ob was passiert ist? Also, außer dem kleinen Unfall eben.

Sie sieht aus wie ein Schatten ihrer selbst.

Er brachte sie nach oben in die Wohnung, sie hatte sich etwas beruhigt.

„Danke, Bastian, vielen Dank… magst du… magst du vielleicht mit reinkommen? Auf einen Kaffee? Ich meine… deine Mittagspause, es ist nicht mehr viel von ihr übrig."

„Ja… ja, warum nicht."

Zögernd trat er ein, folgte ihr in die Küche und setzte sich an den kleinen Tisch. Ohne ihn anzusehen, machte sie die Kaffeemaschine klar und schaltete sie ein.

Ob sie mir noch böse ist?

Ob er mir noch böse ist?

Sie setzte sich ihm gegenüber und eine Weile schwiegen sie und Linda spürte, wie ihr Mund staubtrocken wurde, ihre Zunge schien am Gaumen fest zu kleben.

Ich wünschte, der Kaffee wäre schneller durch.

Dann setzten sie zugleich an

„Ich wollte mich bei dir entschuldigen…"

„Es tut mir leid wegen…"

Befreit lachten sie auf. Bastian fasste sich als erster wieder.

„Ich wollte mich für mein Benehmen damals entschuldigen, es war nicht in Ordnung, wie ich mit dir umgegangen bin. Ich war einfach… vielleicht gereizt, wegen der Trennung. Verzeih mir bitte!"

„Nein, mir tut es leid! Ich habe dich damals provoziert, und zwar mit Absicht. Ich wollte dir wehtun, ich weiß auch nicht warum", sie biss sich auf die Unterlippe, „vielleicht, weil ich meinen eigenen Schmerz nicht mehr ertrug. Ich hab's an dir ausgelassen, versucht, mir Luft zu machen."

Verlegen lächelten sie sich zu, Linda stand auf, der Kaffee war fertig. Sie stellte zwei volle Tassen auf den Tisch und setzte sich wieder.

„Freunde?"

„Freunde!"

„Danke, dass du heute für mich da warst und mich nach Hause gebracht hast."

Sie war nun ganz ruhig, ihre Hände hatten aufgehört zu zittern.

„Das war doch selbstverständlich."

Schon wieder ging der Gesprächsstoff aus, doch die Stille war nicht mehr so peinlich, eher verströmte sie eine gewisse Art von Ruhe.

Als Bastian seinen Kaffee ausgetrunken hatte, verabschiedete er sich freundlich.

„Ich muss dann mal wieder... Wenn du jemanden zum Reden brauchst, ich bin für dich da."

„Danke, melde du dich auch, wenn was ist, jederzeit."

Ein verlegener Händedruck, dann war er weg.

Nein, ich hab ihr Unrecht getan, sie ist nicht wie Ute. Linda ist zart, verletzlich, ja fast schon zerbrechlich. Und sie hat ihren Mann geliebt, bis zu seinem Tode.

Auch falsch, sie liebt ihn immer noch.

Linda spülte die beiden Tassen gleich ab, sie mochte es nicht leiden, wenn schmutziges Geschirr herumstand. Beim Abtrocknen hielt sie einen Moment inne.

Bastian ist wirklich ein netter Kerl und ich war so gemein zu ihm gewesen. Könnte ich es rückgängig machen, würde ich es tun, aber ich kann es nicht. Naja, wenigstens hat er meine Entschuldigung angenommen. Ich muss mich künftig besser zusammenreißen, darf nicht einfach um mich schlagen, wenn ich mich schlecht fühle…

Oh, ich muss los, Tim abholen.

13

Wie fast jeden Abend kam Erik auch heute nach der Arbeit zu ihr nach oben.

„Hm, hier riecht es aber gut!", stellte er gleich nach Betreten der Wohnung fest.

„Ja, komm rein, ich hab für uns gekocht."

„Was gibt es denn Feines? Nein, sag nichts, lass mich raten!"

Er streckte schnuppernd seine Nase in die Luft. „Ich rieche Knoblauch, Zwiebeln, Fleisch… Gulasch!"

Linda lachte. „Fast, es gibt Spaghetti Bolognese."

„Klasse! Da hab ich doch den richtigen Wein mitgebracht."

„Erik!"

Tim hatte im Kinderzimmer gespielt. Er hatte Erik wohl gehört und stürzte aus seinem Zimmer, um seinem Patenonkel um den Hals zu fallen, der sich schon willig in die Hocke begeben hatte.

„Na, Sportsfreund, schon im Schlafanzug?"

„Mami hat gesagt, nach dem Essen muss ich ins Bett."

„Ach so, eine kluge Mami hast du, schließlich musst du morgen wieder früh aufstehen."

Erik setzte Tim auf einen der Stühle am Küchentisch und wandte sich an Linda.

„Kann ich dir helfen?"

„Probiere doch mal bitte, ob die Spaghetti schon weich sind."

Sie rührte die Soße und gab noch etwas Oregano und Basilikum hinein.

„Perfekt, genau richtig! Al dente, so wie ich sie mag."

Er nahm den Topf vom Herd, um das Wasser in der Spüle abzugießen.

„Da schlägt mein Italienerherz doch gleich höher."

Linda prustete.

„Italienerherz, dass ich nicht lache!" Sie probierte ein letztes Mal die Soße. „Fertig."

Erik hatte schon zwei Weingläser vollgeschenkt und für Tim eine Limo neben dem Teller bereitgestellt. Tim klatschte vor Freude in die Hände, als Linda ihm die Spaghetti auftat.

„Die magst du wohl?"

„Jaaaa!"

„Dann iss mir bloß nicht alles weg, ich hab Hunger", feixte Erik und bediente sich selbst. Linda band dem Jungen noch ein Geschirrtuch um, sie wusste, was es bedeutete, wenn der Junge Spaghetti aß.

„Erik braucht auch eins, Mama."

Erik ließ es sich grinsend gefallen, als Linda auch ihm eines umlegte. Während des Essens fragte er: „So, mein Junge, erzähl, wie war dein Tag?"

„Och, nichts Besonderes. Ich war in der Schule, da waren wir in der Pause die ganze Zeit draußen. Mama, krieg ich noch ein bisschen Tomatensuppe?"

„Tomatensoße!" Sie tat ihm noch etwas auf.

„Und daheim hab ich dann mit Mama Lego gebaut."

„Aha, und was hast du gebaut?"

„Ein riesiges Haus. So eins bau ich mal in echt, wenn ich groß bin, ganz für uns alleine, Mama und ich und du. Dann kannst du ja mein Papa sein."

Linda verschluckte sich und Erik klopfte ihr auf den Rücken.

Das hatten Paul und ich geplant. Ein Haus wollten wir zusammen bauen für unsere kleine Familie. Genug Platz für ein Geschwisterchen für Tim.

Wenn du Gott zum Lachen bringen willst, dann mach Pläne...

Sie bedeutete Erik, mit dem Klopfen aufzuhören und trank einen Schluck Wein.

„Geht schon wieder."

Als sie zu Ende gegessen hatten, rieb sich Tim auch schon die Augen. Linda hieß ihn, Gesicht und Hände zu waschen.

„So, mein Schatz, jetzt bringe ich dich ins Bett."

„Erik soll das machen."

„Das mach ich doch gerne!", freute sich Erik und ging voraus ins Kinderzimmer.

Dieses Glück werde ich selbst leider nie erfahren.

Einmal mehr wurde er sich bei dieser Gelegenheit dieser Tatsache schmerzlich bewusst, aber es war, wie es war.

Linda hörte Eriks Stimme, als er Tim die Geschichte „Felix, der Kater" vorlas, momentan Tims Lieblingsgeschichte, er wollte sie jeden Abend hören und Linda konnte sie fast schon auswendig.

Als Erik auf Zehenspitzen ins Wohnzimmer schlich, hatte Linda die Küchenarbeit bereits erledigt und sie machten es sich mit dem

Wein auf der Couch gemütlich. Sie erzählte ihm von ihrem Unfall, den sie am Mittag gehabt hatte und dass Bastian sie nach Hause gebracht hatte.

„Schön, dass ihr euch wieder vertragt, Bastian ist ein feiner Kerl und… und ihr habt beide eine schwere Zeit. Ah, dann hast du ja dein Auto gar nicht hier. Ich fahr dich morgen früh zur Arbeit", bot er hilfsbereit an.

Linda errötete leicht.

„Oh, danke Erik, das ist lieb von dir, aber es ist nicht nötig. Bastian holt mich ab und nimmt mich mit."

Erik zog die linke Augenbraue nach oben.

„So so…"

„Gar nicht so so, er ist mein Kollege und fährt eh dahin."

Erik erlaubte sich ein freches Grinsen, nahm dann aber lieber einen Schluck aus seinem Glas.

14

Als Bastian an diesem Abend nach Hause gekommen war, hatte er den Brief aus der Schublade geholt und ihn grob entknittert, in dem er mehrmals mit seinen Handflächen darüber strich. Dann hatte er die Scheidungspapiere unterschrieben, morgen in der Mittagspause würde er sie zur Post bringen.

Ein Wunder, dass Ute ihren Anwalt nicht geheißen hatte, Folgebriefe zu schreiben, da er sich so viel Zeit gelassen hatte. Aber wahrscheinlich wäre ihr das zu teuer geworden.

Am nächsten Morgen fuhr Bastian wie versprochen bei Linda vorbei, um sie abzuholen. Sie hatte Tim bereits zur Schule gebracht und wartete schon auf der Straße unten auf ihn. Lächelnd stieg sie in den Wagen.

„Danke, das ist wirklich sehr nett von dir."

„Keine Ursache."

Schweigend fuhren sie zum Büro und Linda musterte ihn unbemerkt aus dem Augenwinkel.

Er sieht irgendwie fertig aus, angespannt, als hätte er schlecht geschlafen. Rasiert hat er sich heute Morgen auch nicht.

Ob er verschlafen hat? Jedenfalls wirkt er nicht, als wäre er ansprechbar. Am besten bin ich einfach ruhig. Vielleicht ist er auch bloß ein Morgenmuffel?

Bastian brauchte sich auf die Strecke nicht großartig zu konzentrieren, den Weg zum Büro würde er mittlerweile fast im Schlaf finden. Gedankenverloren ertastete er mit seiner linken Hand das Kuvert in seiner Sakkotasche. Er hatte keine Briefmarke zu Hause gehabt.

Plötzlich waren sie auch schon angekommen. Nebeneinander betraten sie das Büro.

„Bis später."

„Darf ich dich in der Mittagspause ins Café einladen?", fragte Linda noch schnell. Sie wollte sich gerne für seine Freundlichkeit revanchieren.

„Nein… nein, danke, ich muss noch was erledigen." Bastian ging weiter in Richtung seines Arbeitsplatzes. Er schaute nicht nach rechts und nicht nach links, hob zur Antwort der guten Morgengrüße nur die rechte Hand, die linke berührte nach wie vor den Brief.

Linda blickte ihm nach, bis er aus ihrem Sichtfeld verschwunden war.

Irgendwas stimmt nicht mit ihm. Hat Ute sich vielleicht gemeldet?

In der Mittagspause wollte sie ihn aufsuchen, doch er war nicht da.

Bastian stand am Postschalter, eine Frau war vor ihm dran. Er hatte nervös das Kuvert hervorgezogen, hielt es zitternd in beiden Händen und starrte die ganze Zeit auf den Empfänger: Anwaltskanzlei Müller.

Wenn ich diesen Brief abgebe, dann ist es besiegelt, dann ist es vorbei.

Aber bleibt mir etwas anderes übrig?!

Aufgeschoben ist nicht aufgehoben…

„So, der Herr, wie kann ich Ihnen behilflich sein?"

Er hatte nicht bemerkt, dass die Dame vor ihm die Filiale verlassen hatte. Er trat vor an den Schalter und reichte der Postangestellten den Brief. Sein Herz fühlte sich an, als würde es zu Asche zerfallen.

Gibt es die große Liebe? Die, die ein Leben lang hält? In guten, wie in schlechten Zeiten, vor allem in den schlechten?

Linda war mit Paul bis zu seinem Tod zusammen, hatten sie überhaupt schlechte Zeiten erlebt, in dieser kurzen Zeit? Hätte die Ehe auch gehalten, wäre Paul alt geworden?

Dieses Mal war es Bastian, der Linda in den nächsten Tagen aus dem Weg ging, sie registrierte es wohl, ließ ihn aber in Ruhe, irgendetwas musste vorgefallen sein. Sie musste warten, bis er wieder auf sie zukam.

Fast drei Wochen sollten vergehen, bis er sie wieder mal beobachtete, wie sie sich mit einem Packen Ordner abmühte, die sie mit nach Hause nehmen wollte. Er konnte es nicht mit ansehen und ging zu ihr.

„Komm, ich helfe dir."

Dankbar nahm sie sein Angebot an und schlug den Kofferraum zu, als alles sicher verstaut war.

„Komm, ich schulde dir noch einen Kaffee."

Ohne seine Antwort abzuwarten, ging sie voran. Er zögerte kurz, folgte ihr dann über die Straße. Es war derselbe Tisch, der noch frei war, an dem sie beim letzten Mal zusammen saßen und sich gestritten hatten. Sie wechselten einen kurzen Blick, konnten sich dann aber ein Grinsen nicht verkneifen, nahmen Platz und gaben ihre Bestellung auf.

Linda gab dieses Mal nur halb so viel Zucker in ihre Tasse.

„Wie geht es dir?", fragte sie, während sie ihren Kaffee umrührte.

„Danke, gut, und dir?"

Ich will nicht drüber reden.

„Auch gut".

Es hat sich nichts geändert.

Eine Weile schwiegen sie und schauten aus dem Fenster. Die ersten Blätter des am Straßenrand gepflanzten Baumes begannen sich zu verfärben und zeugten vom bevorstehenden Herbst. Doch noch trotzten Wetter und Sonne, wollten noch keinen Platz machen. Die Tage begannen, kürzer zu werden, ansonsten konnte man sich nach wie vor der Illusion des Spätsommers hingeben. Linda begann das Schweigen unangenehm zu werden und sie spielte mit dem Löffel in ihrer Hand, bis ihr etwas einfiel.

„Hör mal, ein Freund von Paul, Nico, ist Samstag in acht Tagen in der Stadt. Er spielt mit seiner Jazz Band in unserer alten Stammkneipe. Hast du Lust, mitzukommen?"

„Ja, gerne."

Bastian brauchte nicht lange zu überlegen, er wusste, dass er zusehen musste, dass er schnellstens aus diesem Strudel wieder herauskam.

15

Das Wetter schlug von einem Tag auf den anderen um, von heute auf morgen wurde es merklich kühler.

Fiona fröstelte, kaum dass die Sonne um siebzehn Uhr verschwunden war. Sie beschloss, dass es jetzt in der Übergangszeit noch zu früh war, um die Heizung einzuschalten.

„Erich, sei doch so lieb und hol Holz für den Ofen rein, mir ist kalt."

Er reagierte nicht, wie hätte es auch anders sein können? Fiona wartete immer noch auf das Wunder, das Erich erwachen ließ. Der Ofen war immer sein Aufgabenbereich gewesen und irgendwie hatte sie gehofft, er würde mit kleinen Dingen wieder zu einem Anfang finden.

Sie hatte damit begonnen, Erich´s Zustand zu akzeptieren, nur manchmal fragte sie sich noch, ob das nicht der Anfang vom Ende war. Ihre Selbstgespräche, die sie irgendwann angefangen hatte, bemerkte sie gar nicht mehr, sie waren zu ihrem Alltag geworden. Sie hatte sich damit abgefunden: sie war allein. Sie lebte von Sonntag zu Sonntag. Wenn Linda mit Tim kam, erwachte das Haus zum Leben, unter der Woche war es tot, ihre einzigen Gesprächspartner waren Max, der Bäcker und der Metzger. Selbst die nachbarschaftlichen Gespräche mit Christine mied sie, sie konnte deren mitleidigen Blicke nicht ertragen.

Sie zog die Weste vorne zusammen, als sie das Haus verließ, um in den kleinen Schuppen zu gehen, in dem das Holz gelagert war. Die Tür knarrte, als sie sie öffnete, alles war voller Spinnweben, die in ihrem Haar hängen blieben und sie fuhr sich angewidert mit dem Ärmel übers Gesicht.

„Schnell, mach einfach schnell, Fiona", murmelte sie. Eilig legte sie ein paar Scheite in den Korb, packte etwas Anfeuerungsholz oben drauf und verließ den Schuppen, die Tür ächzte wieder, als sie sie von außen schloss. „Erich müsste sie mal ölen. Mann, ist der Korb schwer, ob das überhaupt reicht für den Abend?"

Sie mühte sich mit dem Ofen ab, bis er endlich brannte, blieb dann eine Weile davor sitzen und hielt ihre Hände vor die Scheibe, bis sie sich wieder etwas aufgewärmt hatte. Max hatte sich neben sie auf den Rücken gelegt und sie streichelte ihm den Bauch.

16

Erik verbrachte den Abend wie so häufig oben bei Linda, sie hatten es sich auf dem Sofa gemütlich gemacht und das Fernsehen eingeschaltet. Frühstück bei Tiffany… immer wieder schön. Linda nahm die Decke von der Sofalehne und breitete sie über ihre und Eriks Beine aus.

„Ganz schön frisch geworden. Ich habe zwar vorhin die Heizung angemacht, aber bis die Wohnung aufgewärmt ist, dauert es wohl noch eine Weile."

„Danke."

Erik zog sich die Decke zurecht, sie hatten heute die Tee Zeit eingeläutet und er nippte zufrieden an dem heißen Getränk.

„Hm, der ist gut, was ist das für einer?"

„Lapacho, den hab ich neulich entdeckt, soll so gesund sein. Hab gedacht, ich nehme ihn mal mit zum Probieren."

„Lapacho? Was soll das denn sein?"

Linda schmunzelte.

„Baumrinde."

„Nicht dein Ernst?"

Erik verzog das Gesicht.

„Doch dein Ernst", stellte er mit einem Blick in ihr Gesicht fest und nahm vorsichtig noch einen Schluck. „Schmeckt trotzdem."

„Gut. Ich hab nur gewartet, ob du tot umfällst oder nicht. Du lebst noch, dann probiere ich jetzt auch mal."

Sie kicherte, als Erik sie in die Seite knuffte.

„Erik", wechselte Linda das Thema, „du denkst ja an Nicos Konzert? Übrigens, Bastian kommt auch mit."

„Klar, ich freu mich schon drauf, wir haben ihn ja ewig nicht mehr gesehen, er kommt ja jetzt richtig weit rum, durch die vielen Tourneen."

„Gut, wollte dich nur nochmal daran erinnern."

„So, Ruhe jetzt, ich will den Film sehen."

In der Nacht wurde Linda wach. Ihr Körper war schweißgebadet, doch davon war sie nicht geweckt worden. Tim hustete im Nebenzimmer. *Oh je, kaum schlägt das Wetter um…*

Sie stand auf und tapste müde hinüber zu seinem Zimmer, er atmete ruhig und war bereits wieder eingeschlafen. Sie ging ins Badezimmer, zog ihr Shirt aus und warf es in den Wäschekorb, rieb sich mit einem Handtuch trocken, zog sich ein frisches über und schlüpfte dann zurück ins Bett, auf Pauls Seite.

Schön kühl.

Am Morgen weckte sie Tim, sein Gesicht war etwas gerötet. Besorgt legte sie ihre Hand auf seine Stirn, holte dann das Fieberthermometer, um zu messen.

„Deine Temperatur ist erhöht", sein Atem roch merkwürdig, „wir gehen zum Arzt."

„Och nee", meuterte Tim.

„Keine Widerrede!"

Sie war schon dabei, ihm den Schlafanzug auszuziehen.

Das Wartezimmer war voll, als sie es betraten, es war nur noch ein Stuhl übrig und Linda zog Tim kurzerhand auf ihren Schoß. Von allen Seiten her wurde gehustet und geschnäuzt. Wahrscheinlich hatte Tim sich in der Schule angesteckt. Sie hatte von unterwegs aus mit dem Handy kurz im Büro angerufen und Bescheid gegeben. Sie waren, wie die meisten hier, ohne Terminvereinbarung gekommen. Die Sprechstundenhilfe hatte sie bereits auf längere Wartezeit vorbereitet, weshalb Linda sich aus der Spielecke ein Kinderbuch schnappte und Tim leise vorlas, bis sie bemerkte, dass er auf ihrem Schoß eingeschlafen war, weil sein Kopf auf ihre Schulter fiel, sie spürte seine fiebrige Hitze durch den Pullover hindurch.

Es dauerte fast zwei Stunden, bis sie aufgerufen wurden. Tim erwachte, als sie mit ihm aufstand, um ihn ins Sprechzimmer zu tragen.

„Guten Morgen, Doktor Teubert", begrüßte sie ihn strahlend, während sie Tim bereits auf der Untersuchungsliege absetzte. Ihre Mutter war schon mit ihr hierhergekommen, sie kannte den Arzt also schon ewig und er genoss ihr vollstes Vertrauen.

„Na, Linda Mädchen", er war an sie herangetreten und schüttelte ihr die Hand, er hatte es nie fertig gebracht, irgendwann zum förmlichen Sie überzugehen und Linda hatte ihrerseits keinen Wert darauf gelegt. Tim unterbrach die Begrüßung mit einem Niesen, seine Nase lief und Linda wischte sie ihm mit einem Taschentuch ab, das sie vorsorglich in die Hosentasche gesteckt hatte.

„Ah, ich sehe schon", lachte der alte Mann freundlich, „der Junge hat sich eine

Erkältung eingefangen. Im Moment hab ich fast nichts anderes zu tun."

Linda sah ihm vom Stuhl aus zu, wie er Tim abhorchte, Temperatur maß und mit dem Spatel in der Hand in seinen Hals und die Ohren sah. Sie war lange nicht hier, nur einmal, nach Pauls Tod, sie hatte sich Beruhigungstabletten aufschreiben lassen. Bekümmert dachte sie, dass er wahrscheinlich bald in Rente gehen würde…

„Gut, du kannst wieder zu deiner Mama."

Gehorsam krabbelte Tim von der Liege und bei Linda wieder auf den Schoß. Doktor Teubert wusch sich die Hände, dann setzte er sich ihr gegenüber an seinen Schreibtisch.

„Halb so wild, Hals und Ohren sind etwas gerötet, die Temperatur erhöht. Ich schreib dir was auf, ein paar Tage Ruhe und er ist wieder fit."

Er betrachtete sie aufmerksam.

„Wie geht es dir? Lange nicht gesehen…"

Irgendwas gefällt mir nicht…

„Ach, danke, mir geht es gut. Wichtig ist nur, dass Tim wieder auf die Beine kommt."

Er räusperte sich.

„Nun, dennoch würde ich dir gerne Blut abnehmen, Zeit, mal wieder durchzuchecken."

„Das ist doch nicht nötig…"

„Vorher stelle ich dir nicht das Rezept für Tim aus."

Verschmitzt zwinkerte er ihr aus seinen freundlichen Augen zu.

„Ärmel hoch!"

Linda ergab sich augenrollend und ließ die Prozedur über sich ergehen, die Tim fasziniert beobachtete.

„Das war es schon."

Er tätschelte ihr die Schulter, wie er es früher schon immer gemacht hatte und gab ihr Tims Rezept.

„Sollte wider Erwarten eine Verschlechterung eintreten, oder die Erkältung innerhalb der nächsten drei Tage nicht besser werden, kommst du bitte einfach nochmal mit ihm vorbei."

Er verabschiedete sich von Linda mit einem warmen Händedruck und von Tim mit einem kurzen Durchwuscheln seiner Haare.

„Gute Besserung, mein Freund."

„Danke", antwortete Tim schüchtern, angesichts der Spritzenaktion.

„So, jetzt fahren wir noch schnell bei der Apotheke vorbei, deinen Saft abholen und dann geht´s wieder nach Hause."

Mitfühlend blickte sie in das kleine, müde Gesicht.

„Mami beeilt sich."

Zu Hause angekommen, holte sie Tims Bettzeug ins Wohnzimmer, bettete den Jungen auf die Couch und verabreichte ihm seine Medizin, die er widerwillig schluckte, bis er feststellte, dass der Saft nach Himbeeren schmeckte.

Dann rief sie nochmal im Büro an, um Bescheid zu geben, dass sie den Rest der Woche ausfallen würde.

Tatsächlich ging es Tim drei Tage später schon besser, er saß, eingekuschelt in sein Bettzeug, auf dem Sofa mit dem Teddybären im Arm, den Erik gestern dem „armen, kranken Kind" mitgebracht hatte. Linda brachte ihm gerade eine frische Tasse Tee, als das Telefon klingelte, weshalb sie die Tasse schnell vor ihm abstellte.

„Jünke."

„Ja, guten Tag, Frau Jünke, hier ist die Arztpraxis Dr. Teubert. Der Chef lässt sie bitten vorbeizukommen, ihr Blutergebnis ist da. Würde Ihnen morgen früh neun Uhr passen?"

„Äh, ja..."

„In Ordnung, dann trage ich Sie ein. Bis morgen!"

Die Sprechstundenhilfe hatte aufgelegt.

Wieso will er, dass ich komme? Ist irgendwas nicht in Ordnung?

Ach was! Was soll schon sein.

„Mami, der Tee ist noch ganz arg heiß!", beschwerte sich Tim stirnrunzelnd.

Linda legte das Telefon zurück und setzte sich zu ihm auf die Couch.

„Na, dann wollen wir mal pusten."

Am nächsten Morgen nahm sie mit gemischten Gefühlen auf dem Stuhl an Dr. Teuberts Schreibtisch Platz, nachdem sie ihm die Hand geschüttelt hatte. Sie hatte Tim gebeten, im Wartezimmer auf sie zu warten und ihm ein Kinderbuch in die Hand gedrückt. Die Sprechstundenhilfe hatte versprochen, ab und an nach ihm zu sehen.

„Linda", begann er auch gleich in ernstem Tonfall und sie spürte, wie ihr Herz in die Hose rutschte, „dein Blutergebnis liegt vor und wir haben eine Fehlfunktion deiner Schilddrüse festgestellt."

Er atmete tief durch, während sie die Luft anhielt.

„Pass auf, das ist so weit nicht weiter tragisch, ich werde dir jetzt Tabletten aufschreiben, die musst du von nun an täglich nehmen. Ich möchte, dass du in vier Wochen zu einer erneuten Blutkontrolle kommst, dann vierteljährlich, bis wir sehen, dass du richtig eingestellt bist. Wenn wir das geschafft haben reicht es, wenn du einmal im Jahr kommst. Ich werde dir aber eine Überweisung schreiben. Ich möchte, dass du noch einen Internisten aufsuchst, wegen eines Ultraschalls, in Ordnung?"

Mechanisch nickte sie. In ihrem Kopf schienen die Gedanken einfach nur durcheinander zu wirbeln, als sie das Rezept in Empfang nahm und ihn grußlos verließ. An der Theke ließ sie sich noch die Überweisung geben, dann fuhr sie mit Tim nach Hause, wo sie ihn wieder auf das Sofa verfrachtete und ihm das Fernsehgerät einschaltete.

Sie ging in die Küche und ließ sich auf einen Stuhl fallen.

Krank... chronisch! Ich werde das nie wieder los, muss Tabletten nehmen, jeden Tag... aber... ich war doch immer gesund, ich habe doch noch nie irgendwas gehabt, außer mal einer Erkältung, im Krankenhaus war ich auch nur einmal, zur Entbindung.

Fassungslos ließ sie den Kopf auf ihre Arme sinken, alles schien sich zu drehen.

„Mami, ich hab Hunger."

Richtig, ja, Frühstück...

Ich muss mich zusammenreißen!

Sie brachte den Tag hinter sich, als befände sie sich in Trance und ließ sich erleichtert auf das Sofa fallen, nachdem Tim eingeschlafen war.

So, erstmal beruhigen, die Gedanken ordnen.

Aber da klopfte es schon leise an die Tür.

Erik!

Sie rannte zur Tür, riss sie auf und warf sich ihm schluchzend in die Arme. Erschrocken hielt er sie instinktiv fest, wiegte sie wie ein kleines Kind. Minuten verstrichen, bis sie sich wieder etwas fasste, dann führte er sie hinein ins Wohnzimmer und setzte sich mit ihr hin.

„Was ist passiert?"

Er hatte keine Idee und rechnete mit dem Schlimmsten. Linda schluckte, räusperte sich, zwang sich zur Ruhe, dann endlich erzählte sie von ihrem Arztbesuch. Erik war geschockt, mitfühlend nahm er ihre Hand in seine und streichelte sie zart.

Mit sanfter Stimme sagte er schließlich: „Komm, du schaffst das. Dann nimmst du eben in Zukunft morgens vor dem Frühstück eine Tablette… überleg mal, wie viele chronisch Kranke es gibt, sogar im Büro, Bruno und Peter zum Beispiel haben Diabetes und… ach, Scheiße!"

Er seufzte und nahm sie einfach in den Arm, sie redeten nicht mehr. Es war erst kurz vor zehn Uhr, als sie schließlich vor Erschöpfung einschief. Er bettete zärtlich ihren Kopf auf das Sofakissen, deckte sie mit der Decke, die immer auf der Lehne lag, zu und verließ leise die Wohnung. Unten in seiner Wohnung setzte er sich mit einer Flasche Bier in die Küche.

Auch das noch!

17

Am Samstag brachte Linda ihren Sohn wie abgemacht zu Fiona und Erich. Sie würde dann nachts, nach dem Konzert, auch hier im Gästezimmer übernachten. Fiona war schon den ganzen Tag aufgeregt und ihr Gesicht war leicht gerötet vor Freude, als sie die Tür öffnete und Tim in die Arme schließen konnte.

„Puh, bist du schwer geworden, junger Mann!", stellte sie fest, als sie ihn hochheben wollte und es nicht schaffte.

„Ich bin ja auch kein Baby mehr!", protestierte Tim entgeistert.

Lachend begrüßte sie nun Linda und drückte sie kurz an sich.

„Wie geht´s dir, mein Mädchen?" Sie sah ihr ins Gesicht. „Du siehst etwas blass aus, vielleicht brauchst du ein paar Vitamine, jetzt, wo der Winter vor der Tür steht."

„Ja… ja, das wird es sein", antwortete Linda zerstreut.

Nein, nicht mit Fiona darüber reden, sie hat schon so viel Kummer, sie hat ihr Kind verloren, sie soll sich jetzt nicht um mich auch noch Sorgen machen.

„Hör mal, ich geh auch gleich, wenn´s dir recht ist. Ich wäre gerne etwas früher dort, um Nico Hallo zu sagen und ihm wie früher über die Schulter zu spucken."

Sie versuchte sich an einem Lächeln.

„Ja, natürlich, geh nur. Ich wünsch dir viel Freude und grüße Nico ganz lieb von uns! Und wir", Fiona legte Tim ihren Arm um die Schulter, „machen uns einen richtig schönen Abend! Ich habe uns Popcorn gemacht."

Sie zwinkerte ihm schelmisch zu und er strahlte über das ganze Gesicht.

„Cool Oma!"

Linda verabschiedete sich noch von Tim, der ihr dann zusammen mit Fiona noch kurz nachwinkte, bevor sie grüßend kurz auf die Hupe drückte und mit ihrem Corsa davonfuhr.

Obwohl sie zeitig dran war, war es schwierig, einen Parkplatz zu finden, die Bude war wohl jetzt schon brechend voll. Klar, eine so bekannte Band wie die Black Panther Group spielte nicht alle Tage hier auf…

Endlich fand sie eine kleine Lücke, etwas weiter weg, gerade groß genug für ihren Kleinwagen. Sie fror, als sie Richtung Lemons Pub lief, trotz der dicken Jacke, die sie mittlerweile trug. Es ging nur ein leichter

Wind, aber den empfand sie als eisig und sie steckte schnell ihre Hände, zusammen mit dem Autoschlüssel, in die Jackentaschen.

Ein Glück hab ich lange Haare, so ist wenigstens mein Nacken geschützt.

Einen Schal trug sie nicht, sie mochte am Hals nichts leiden. Sie dachte darüber nach und stellte fest, dass das letzten Winter schon so war, hatte das was mit dieser Schilddrüsensache zu tun? Sie beschloss, nächste Woche endlich in die Apotheke zu gehen, um die Tabletten zu holen, sie hatte es vor sich hergeschoben…

Endlich betrat sie das Pub und eine stickige Wärme schlug ihr entgegen, die ihr Gesicht schlagartig noch mehr erröten ließ, als es davor bereits von der Kälte war. Schnell schlüpfte sie aus ihrer Jacke und hängte sie über den Arm, ob die anderen schon da waren?

Entschlossen zwängte sie sich durch die Menge, vor, weiter vor... Wahnsinn! Erik und Bastian saßen an einem Tisch ganz vorne an der Bühne! Strahlend kämpfte sie sich durch und ließ sich auf den einzig freien Stuhl fallen, den sie ihr freigehalten hatten.

„Ihr seid so gut zu mir!"

„Man ist stets gern zu Diensten", alberte Erik.

„Ist das nicht aus diesem Film? Mit, äh, Robin Williams, richtig?" Bastian hatte fragend den Kopf auf die Seite gelegt.

„Richtig!", bestätigten Erik und Linda einstimmig.

„Bastian und ich hatten uns abgesprochen, wir sind schon seit über einer Stunde da, wir wussten ja, dass du Tim noch zu seinen Großeltern bringen musstest."

„Danke!"

Bastian lächelte ihr verhalten zu.

Linda hängte ihre Jacke über die Stuhllehne.

„Ich geh mal schnell hinter die Bühne, Nico begrüßen."

„Ist gut, wir halten hier die Stellung, wir haben ihn schon gesehen."

Sie fand ihn gleich.

„Nico!", schrie sie fast und klatschte vor Freude in die Hände.

Er drehte den Kopf und strahlte über das ganze Gesicht, als er sie sah.

„Es ist so schön, dich mal wieder zu sehen!", rief sie, während er sie fest an sich drückte.

„Ja, ich hab sehr oft an dich gedacht! Wie geht es dir?"

Was soll ich ihn belasten? In drei Tagen fährt er wieder ab und Gott weiß, wann ich ihn das nächste Mal wiedersehe. Außerdem kann er mir sowieso nicht helfen.

„Gut, sehr gut! Tim ist gesund und munter und groß ist er geworden. Und dir?"

„Du, mir geht es super! Also, was Paul da für mich gemacht hat, ohne ihn… hätte ich das alles nicht, würde immer noch im Büro rumsitzen. Hast du ein Foto dabei? Von Tim, meine ich."

Sie zog ihr Portemonnaie aus der Hosentasche und zauberte ein Passfoto von dem Jungen hervor. Fassungslos betrachtete er es.

„Er sieht genau aus wie er…"

„Ja, ich weiß."

„Du, es geht gleich los…"

Sie nahm das Foto wieder an sich.

„Toi toi toi!"

Sie spuckte ihm dreimal über die Schulter, das hatte sie früher schon immer so gemacht und er bedankte sich mit einem breiten Grinsen.

„Jetzt kann ja nichts mehr schief gehen!"

Nico drückte sie noch einmal kurz an sich und wandte sich dann seinen Kollegen zu. Linda stürzte sich erneut in den Tumult und kämpfte sich mit Hilfe ihrer Ellbogen zu ihrem Platz zurück.

„Da bin ich wieder."

Sie saß Bastian gegenüber, Erik dazwischen. Ihre Blicke wanderten erwartungsvoll zur

Bühne, langsam wurde der Vorhang beiseite gezogen und da standen die Männer der Band, eindrucksvoll glänzten die Instrumente im Scheinwerferlicht, die Lautstärke im Raum verebbte zu einem leisen Raunen. Nico stand vorne am Mikrofon. Linda wunderte sich, er war doch nicht der Sänger. Doch Nico begann zu sprechen:

„Hallo Leute, ich bin´s, euer Nico. Die meisten von euch wissen ja, dass ich von hier bin und viele von euch kennen mich noch aus einer Zeit, in der ich Musik nur so nebenbei zum Spaß machte und stattdessen mein Geld mit Sesselfurzen verdiente."

Er hielt kurz inne, bis das Gelächter verstummte.

„Ich habe also heute sozusagen ein Heimspiel und dass alles so für mich gelaufen ist, verdanke ich einem ganz besonderen Freund: Paul!" Er machte eine kurze Pause, dann fuhr er fort. „Leider kann er nicht hier sein, aber meine liebe Freundin Linda, Pauls Frau ist da und deshalb hebe ich mein Glas auf dich!" Er schaute Linda ins Gesicht und erhob sein Glas, prostete ihr zu und trank. Alle anderen taten es ihm nach und Linda spürte, wie sie rot wie ein Feuermelder wurde, sie sagte nichts und senkte den Blick.

Wenn Paul doch jetzt nur hier wäre!

Nico ergriff erneut das Wort: „So, und jetzt zum ersten Song, für dich, Linda, für dich, Paul!"

Mit diesen Worten trat er zurück und überließ dem Sänger den Platz. Er nahm sein Saxophon an sich und sie begannen zu spielen. Linda schaute auf.

Oh mein Gott, das ist das Stück, das er damals gespielt hatte, als Paul ihn heimlich filmte und dann an die Band geschickt hatte. Paul, hör nur, wie schön!

Verträumt lauschte sie den Klängen der Musik, beobachtete Nico, der sich vollkommen seinem Instrument hingab. Sie merkte nicht, dass Bastian sie die ganze Zeit beobachtete.

Wie schön sie aussieht. Selbst die Verlegenheit steht ihr gut, so süß. Und wie sie diese lange Haarsträhne hinters Ohr klemmt... niedliches Ohr. Wie weich ihre Gesichtszüge sind, so sanft, jetzt, da sie sich einfach entspannt. Und ihre Augen, wie sie leuchten, man könnte direkt hinein fallen...

Jetzt hör aber auf, du schwärmst ja wie ein kleiner Schuljunge!

Mit fast schon verärgertem Gesichtsausdruck wandte er ruckartig seinen Blick der Bühne zu und sah nicht, wie Erik grinste.

„Hallo! Kennt mich hier noch jemand?" schrie es plötzlich fast über den Tisch.

„Daniel!" Linda sprang auf und schon hielt er sie lachend in den Armen und hob sie hoch.

„Linda Mädchen, du bist ja ein Fliegengewicht geworden!"

„Mensch Daniel, schön, dich nach so langer Zeit wiederzusehen!"

Das letzte Mal war auf Pauls Beerdigung.

Ein kurzer Anflug von schlechtem Gewissen huschte über sein Gesicht.

Ich wusste einfach nicht, wie ich damit umgehen sollte, mit dir umgehen sollte… was hätte ich denn sagen sollen?

Aber Linda ließ sich nichts anmerken, schließlich war er Pauls Freund gewesen und sicherlich hatte er selbst sehr unter seinem Tod gelitten.

„Besorg dir einen Stuhl und quetsche dich zwischen uns", forderte sie ihn stattdessen auf, worauf er lachend verschwand und kurz darauf mit einem Stuhl in der einen Hand und einem Bier in der anderen wieder aufkreuzte. Sie rutschten zusammen, bis er dazwischen passte und sich Bastians und Lindas Beine berührten. Sie registrierte es nicht, Bastian unterdessen empfand diese Berührung als äußerst angenehm und traute sich nicht mehr das Bein zu bewegen, um den Kontakt nicht zu unterbrechen oder Linda sich gar bemüßigt fühlte, ihr Bein weg zu ziehen. Wieder war es Erik, der verstohlen hinüber schielte und grinste.

„Ich denke, wir haben heute echt Grund zu feiern, ich schmeiß die erste Runde!"

Er stand unter zustimmendem Gelächter auf und ging in Richtung Theke davon. Es dauerte fast zwanzig Minuten, bis Erik mit einem Arm voller Bierflaschen zurückkam, die er einzeln auf dem Tisch abstellte. Dankbar schnappte sich gleich jeder eine, es ertönte ein lautes Klacken, als sie mit den Flaschen aneinanderstießen, bevor sie, durstig in Anbetracht der Hitze, gleich tranken.

„Sag mal, Daniel, wieso bist du alleine hier?" Linda wischte sich mit dem Ärmel über den Mund. „Wo hast du deine Freundin gelassen?"

Daniel lächelte versonnen. „Sie ist zu Hause, sie fühlt sich nicht so wohl…"

„Und da grinst du?"

„Na ja, sie ist schwanger."

Sein Lächeln ging nun in ein breites Grinsen über. „Ich werde Papa!"

Linda fühlte, wie ein Ruck ihren Körper durchfuhr.

Wie gern hätte ich noch ein Kind bekommen, mit dir, Paul. Ein Geschwisterchen für Tim, vielleicht wäre es dieses Mal ein Mädchen geworden, ein Mädchen mit deinem Haar, ich hätte es ihr nie abschneiden lassen, zu wundervollen, langen Locken wäre ihr Haar geworden…

Die anderen stießen schulterklopfend und johlend an, sie schüttelte sich kurz, um ihre

Gedanken loszuwerden und fiel dann mit ein. Erik hatte sie beobachtet, legte ihr den Arm um die Schultern und drückte sie leicht an sich, als hätte er ihre Gedanken lesen können, was sie als sehr tröstlich empfand. Sie warf ihm einen dankbaren Blick aus ihren warmen, braunen Augen zu.

Ich danke dir, Erik, für deine Freundschaft, du bist der Beste!

Er verstand sie ohne Worte.

„Okay!" Er stellte seine Flasche ab. „Daniel, du schmeißt die nächste Runde!"

Sie setzten sich erneut auf ihre Stühle, um der Musik zu lauschen.

Linda lehnte sich nun wieder entspannt zurück.

Ich freu mich für Daniel, endlich hat er sein Glück gefunden, das größte Glück, das es gibt auf dieser Welt und ich wünsche ihm von Herzen, dass er es für lange, lange Zeit festhalten kann. Das Leben geht weiter... um mich herum, nur für Paul und mich nicht...

Sie schüttelte ihre Locken zurück, eine blieb an ihrer schweißnassen Stirn kleben und sie strich sie mit ihrer Hand aus dem Gesicht, doch sie rutschte sogleich wieder nach vorne und so ließ sie sie einfach wo sie war. Sie fühlte einen Schweißtropfen zwischen ihren Brüsten, weshalb sie ihren Pulli auszog, sie trug noch ein Top darunter.

Ah, tut das gut!

Sie fächelte sich kurz mit der flachen Hand etwas Luft zu, merkte, dass es nichts brachte und ließ sie auf ihren Schoß sinken.

Bastian warf ihr einen verstohlenen Blick zu und dachte, wie zierlich sie sei, wie zerbrechlich sie wirkte, der Pullover hatte dies verdeckt, wie ein schützender Vorhang. Ihm wurde warm ums Herz als ihn das Bedürfnis überkam, sie zu beschützen. Er anstelle des Pullovers, mit seiner Stärke, seiner Größe, seiner männlichen Kraft. Ihr Haar leuchtete im schwachen Scheinwerferlicht und schien wie flüssiges Karamell über ihre Schultern zu fließen.

Ach was, das ist nur die Hitze hier drinnen…

Linda wandte ihm ihr Gesicht zu, den Mund leicht geöffnet, sie wollte etwas sagen. Doch dann fing sie seinen Blick auf, so warm, so zärtlich. Sie errötete bis zu den Haarwurzeln, biss sich auf die Unterlippe. Bastian schluckte.

Oh mein Gott, wie unglaublich erotisch sie jetzt in diesem Moment aussieht!

Da hatte sie sich schon wieder der Bühne zugewandt und der Augenblick der Verzauberung war vorbei.

Punkt vierundzwanzig Uhr wollte die Black Panther Group ihr Konzert beenden, doch unter donnerndem Applaus und nicht enden wollenden Zugabe Rufen spielten sie weiter bis ein Uhr, bevor sie endgültig ihre Instrumente beiseitelegten und der Vorhang zugezogen wurde.

Linda hatte den Abend wie im Rausch verbracht, es war wie in alten Zeiten, es war, als wäre Paul für ein paar Stunden dabei gewesen, hier mit ihr, mit seinen Freunden. Sie fühlte sich ziemlich angetrunken, kein Wunder, nach dem jeder eine Runde oder mehr geworfen hatte. Sie fühlte sich wohl, nicht alleine, wollte nicht, dass der Abend, die Nacht, endete und war froh, als Nico sich schließlich zu ihnen an den Tisch setzte, der Wirt eine CD auflegte und über alte Zeiten, die Gegenwart und geplante Zukunft geredet wurde. Es schien, als wollte niemand, dass der gemeinsame Augenblick vorüberging.

Ja, der Augenblick, das ganze Leben bestand nur aus Augenblicken, die sich wie eine Kette aneinanderreihten, dachte sie, doch ihre Kette war unterbrochen worden, gerissen anstatt sich fortzusetzen, bis sie einen geschlossenen Kreis bildete. Dennoch wollte sie diesen Moment, den sie wie eine kleine Fortsetzung empfand, festhalten so lange es ihr möglich war.

Um halb vier kam der Wirt an ihren Tisch mit einem kleinen Tablett gefüllter Schnapsgläser in der Hand. Erst jetzt bemerkte sie, dass die Musik längst verstummt war und sie die letzten im Lokal waren.

„So, meine Lieben, jetzt gebe ich einen zum Abschluss aus und dann geht ihr brav nach Hause."

Tatsächlich, seine Augen waren vor Müdigkeit gerötet, aber Linda fühlte kein schlechtes Gewissen, lediglich Bedauern, dass es nun doch enden sollte. Jeder nahm sich eins der kleinen Gläschen, ein letztes Anstoßen. Man versprach sich, dieses Mal nicht so viel Zeit bis zum nächsten Wiedersehen verstreichen zu lassen und wusste, dass es doch so sein würde.

Linda streifte sich ihren Pullover über, ein letztes, festes Drücken eines jeden einzelnen zum Abschied. Sie wankte, als sie Richtung Ausgang lief, sie war doch betrunkener, als sie dachte.

„Erik, bist du so lieb und nimmst mich mit, bitte? Holen wir mein Auto morgen…"

Erik schaute kurz von ihr zu Bastian und wieder zu ihr.

„Ach, weißt du, ich hab eigentlich noch was vor… aber Bastian fährt dich sicher gerne nach Hause?!"

War es eine Frage oder eine Feststellung?

„Natürlich, gern!"

Bastian war schon an ihre Seite geeilt, hatte sich bei ihr eingehakt und führte sie langsam hinaus.

Erik grinste, als die Tür hinter ihnen zufiel.

„So so", feixte Daniel und verpasste ihm einen kleinen Seitenhieb mit dem Ellbogen, „was hast du denn noch schönes vor?"

Erik zwinkerte.

„Na, wir gehen jetzt noch ganz gemütlich bei dir einen Kaffee trinken."

„Ich bin dabei!"

Nico schnappte sich seine Jacke.

„Worauf wartet ihr?"

„Ich übernachte heute bei meinen Schwiegereltern, ich werde dich lotsen, es ist nicht weit."

Bastian und Linda waren losgefahren und er hatte ihr zuvorkommend die Sitzheizung eingeschaltet. Eine wohlige Wärme kroch langsam ihren Rücken hoch und sie schmiegte sich enger in den Sitz.

„Wir können aber auch gerne vorher noch bei mir einen Kaffee trinken, liegt sowieso auf dem Weg."

Hab ich das eben wirklich gesagt?

Aber… ich möchte so gerne, dass die Nacht nicht vorbei geht…

Hoffentlich versteht er das nicht falsch!

Bastian warf ihr einen kurzen Seitenblick zu, sie sah aus, als wäre sie über sich selbst erschrocken, ihre Augen waren plötzlich weit geöffnet und verlegen fuhr sie mit der Hand durchs Haar.

„Gerne!"

Er bog ab und fuhr zu ihr nach Hause. Er grinste in sich hinein, spürte, dass sie für einen kurzen Moment mutig gewesen war und kaum, dass sie ihr Angebot ausgesprochen hatte, selbst darüber verwirrt war. Aber es war ihm egal, ja, er wollte auch nicht, dass die Nacht vorüber war, er wollte noch einen Kaffee mit ihr trinken…

Er blieb auf der Treppe hinter ihr, falls sie ins Stolpern geriet, würde er sie mit Vergnügen auffangen, ihr Hintern war es definitiv wert. Aber sie erreichten heil die Haustür und traten ein, Linda eilte direkt in die Küche und machte sich an der Kaffeemaschine zu schaffen. Bastian folgte ihr langsam. Im Wohnzimmer neben der Tür, die zur Küche führte, stand ein kleines Schränkchen, auf dem ein kleiner Kalender stand. Er beugte sich etwas herunter und las: *Lebe jeden Tag, als wäre er dein letzter.*

Hm, dann sollte er wohl in die Offensive gehen, aber war sie schon so weit? Empfand sie etwas für ihn?

Sein Blick streifte das Rezept, das neben dem Kalender auf dem Schränkchen lag.

„Oh, hast du Probleme mit der Schilddrüse?"

Er betrat die Küche und setzte sich an den kleinen Tisch. Linda fuhr herum, sie spürte, wie ihre Halsschlagader plötzlich zu pochen schien, da war sie wieder, die Angst, die sie in dieser Nacht so gut hatte verdrängen können, nun war sie doch vorbei, die Nacht.

Er merkte, dass er sie wohl auf dem falschen Fuß erwischt hatte und meinte mit roten Ohren: „Naja, ich mein bloß, wegen dem Rezept… Ich kenne das Medikament, meine Mutter hat das gleiche…"

„Schon gut!"

Linda wandte sich schnell wieder ab, der Kaffee war fertig und sie verteilte ihn auf zwei Tassen, dann setzte sie sich zu ihm.

„Danke."

Bastian nahm gleich einen Schluck, verbrannte sich und stellte die Tasse schnell wieder ab, in diesem Moment dämmerte ihm etwas.

„Es ist dein erstes Rezept? Du hast erst kürzlich die Diagnose gekriegt?"

Sie sah ihn nicht an, nickte nur leicht mit dem Kopf. Ohne zu zögern schob er seine Hand, die ganz warm war, über ihre und streichelte sanft mit seinem Daumen ihren Handrücken.

„Hab keine Angst, wenn erst mal alles richtig eingestellt ist…"

„Ich muss noch einen Termin bei einem Internisten machen, für einen Ultraschall."

Die Worte entschlüpften ihrer zugeschnürten Kehle, ihr ängstlicher Blick streifte den seinen und sein Herz schien sich zusammenzuziehen.

„Wenn du möchtest, begleite ich dich."

„Das würdest du tun?"

Er antwortete nicht, drückte stattdessen zur Bestätigung ihre Hand.

„Mal sehen…"

Einerseits freute sie sich über das nette Angebot, war sich aber noch nicht darüber im Klaren, ob sie ihn würde dabei haben wollen oder nicht. Sie tranken ihren Kaffee aus.

„Lass uns bitte fahren", bat sie und stand auf, ganz gegen ihre Art ließ sie die beiden Tassen einfach auf dem Tisch stehen.

Sie redeten nicht während der kurzen Autofahrt, sie hatten die Straße für sich alleine und außer Lindas kurzen Anweisungen der Wegbeschreibung war lediglich das Motorengeräusch zu hören.

„Warte!" Bastian hatte den Wagen geparkt, war schnell ausgestiegen und um das Auto geeilt, um ihr die Tür zu öffnen.

Wie höflich.

Er streckte ihr die Hand entgegen, die sie dankbar ergriff, und half ihr aus dem Wagen.

„Ich bring dich noch bis zur Tür", raunte er ihr leise zu. Er legte den Arm um sie, führte sie sachte.

Wie ein Tänzer, dachte Linda und sah sich vor ihrem inneren Auge mit ihm über die nasse, von Laternen erleuchtete Straße tanzen.

Ja, noch ein bisschen Zauber, nur ein kleines bisschen.

Er drehte sie zu sich, als sie an der Haustür angekommen waren und sah in ihr lächelndes Gesicht, irgendwie erinnerte sie ihn in diesem Moment an ein süßes, kleines Kätzchen. Der Bewegungsmelder hatte das Licht neben der Tür angehen lassen und er sah deutlich ihr Gesicht im Halbschatten aufleuchten. Unwillkürlich berührte seine Hand sie unter ihrem Kinn und sie sahen sich in die Augen. Seine schimmerten geheimnisvoll, wie zwei Smaragde im Halbdunkel. Es war, als würde sie ihn zum ersten Mal in ihrem Leben ansehen, *wirklich* ansehen.

Er hat ja grüne Augen, also, so richtig grün, Wahnsinn!

Sie betrachtete seine dunklen, schön geschwungenen Augenbrauen, seine hohen Wangenknochen und sein markantes Kinn. Sein Haar hatte sich durch die hohe Luftfeuchtigkeit etwas gewellt, was ihm ein leicht verwegenes Aussehen verlieh und sein

Mund… sein Mund war viel zu schön für einen Mann! Sie kicherte bei dem Gedanken. Lag es am Zauber dieser Nacht, dass sie ihn plötzlich aus anderen Augen ansah?

Vielleicht, dachte Bastian, vielleicht aber auch nicht. Seine andere Hand umfasste zart ihren Hinterkopf und plötzlich lagen seine Lippen auf den ihren, ganz warm, ganz sanft küsste er sie. Automatisch schloss sie ihre Augen und gab sich für einen Moment eines so lange vermissten Gefühls hin, dann ließ er sie los und lächelte sie an.

„Träum was Schönes."

Er drehte sich um und ging davon, sie stand da und sah ihm nach, er war groß, schlank, aber nicht dünn, selbst unter der Winterjacke zeichneten sich seine breiten Schultern und seine kräftigen Oberarme ab.

Als sein Wagen nicht mehr zu sehen war, steckte sie schließlich den Schlüssel ins Schloss und betrat leise das warme Haus, Fiona hatte wohl am Abend den Ofen angehabt. Sie hörte leise Stimmen aus dem Fernsehgerät. Sie ging ins Wohnzimmer, sah Erich schlafend in seinem Sessel sitzen und schaltete das Gerät ab. Auf leisen Sohlen schlich sie hinauf ins Gästezimmer, Pauls altes Zimmer, entledigte sich bis auf den Slip und das Top ihrer Kleidung und schlüpfte vorsichtig zu Tim ins Bett. Ihre Hand griff wie jeden Abend an das herzförmige Medaillon an ihrem Hals, das Paul ihr an seinem letzten Weihnachten geschenkt hatte und eine einzelne Träne kullerte noch aus ihrem Augenwinkel, bevor die Müdigkeit sie endgültig übermannte und sie in einen traumlosen Schlaf fiel.

18

Fiona hatte sich an diesem Abend mit Tim ins Bett gelegt, hatte ihm vorgelesen und mit ihm gekuschelt, bis er eingeschlafen war, sie tat ihr unglaublich gut, seine Wärme, diese menschliche Nähe, der sie so lange schon entbehrte. Irgendwann jedoch hatte sie sich schweren Herzens losgerissen und hatte sich aus dem Zimmer geschlichen, schließlich würde Linda später in das Bett schlüpfen wollen.

Sie verharrte auf der obersten Stufe der Treppe, sie konnte die Stimmen aus dem Fernsehgerät hören. Es widerstrebte ihr, wieder hinunter zu gehen, diesen Abend wie jeden Abend zu verbringen. Sie fühlte sich müde, sehr, sehr müde und beschloss, Erich einfach in seinem blöden Sessel sitzen zu lassen und ins Bett zu gehen, sollte er doch bleiben, wo der Pfeffer wuchs. Jetzt, da Tim im Bett war, würde er sowieso wieder nur vor sich hinstarrend da sitzen. Sie ging ins Badezimmer und putzte sich die Zähne, bevor sie sich auszog und in ihr fast bodenlanges, rosa geblümtes Nachthemd schlüpfte. Sie kroch in ihr Bett, fühlte das kühle Laken durch ihr Nachthemd, auch die Bettdecke war sehr kalt. Fiona begann zu zittern und rollte sich zusammen wie ein Embryo im Bauch seiner Mutter, fast kindlich wirkte sie so, hilflos.

Sie starrte aus dem Fenster, es war Vollmond und er schien direkt zu ihr ins Zimmer, aber sie wollte den Rollladen dennoch nicht herunterlassen, seit Pauls Tod empfand sie völlige Dunkelheit unerträglich. Wie wunderschön der Mond aussah, riesig, voller Magie erschien er ihr.

Hey du, Mond, so hell wie du leuchtest, kannst du doch bestimmt dort oben meinen Paul sehen. Bitte bestell ihm doch liebe

Grüße von seiner Mama und sage ihm, dass ich ihn liebe, über alles auf der Welt.

Sie zwinkerte nicht mit den Augen, so dass das Bild des Mondes vor ihren Augen verschwamm und sie sich vorstellte, wie sich stattdessen Pauls Gesicht davor schob. Sie lächelte, es war kein glückliches, es war ein leeres, unglaublich trauriges Lächeln, was ihr Gesicht im Mondlicht fast gespenstisch erscheinen ließ. Sie rieb ihre eiskalten Füße aneinander, doch ihr Körper war nicht in der Lage, das Bett aufzuwärmen. Sie schalteten im Schlafzimmer nie die Heizung an. So lag sie bis weit nach Mitternacht wach, ohne sich zu rühren, frierend, bis ihr endlich die Augen zufielen. Sie versank in einen unruhigen Schlaf voll wirrer Träume. Sie träumte, wie sie alle zusammen am Tisch saßen, sie, Erich, Linda, Paul und Tim. Alle erzählten durcheinander, lachten ausgelassen und aßen Sauerbraten. Plötzlich war Pauls Stuhl leer, von einer Sekunde zur anderen und mitten im Satz war er einfach verschwunden. Sie erschrak sich sehr und schaute fassungslos hinüber zu Linda und plötzlich begann auch sie, sich in Luft aufzulösen und mit ihr Tim!

Tiiiiim!

Fiona riss die Augen auf und war schlagartig hellwach, ihr Herz hämmerte wie wild und ihr Mund fühlte sich staubtrocken an. Sie griff nach der Wasserflasche, die neben ihrem Bett stand und trank mit hastigen Schlucken. Gleich darauf forderte ihr Körper das Unvermeidliche, sie musste aufstehen, um zur Toilette zu gehen. Als sie kurz darauf zurückkam, hörte sie draußen einen Wagen vorfahren. Neugierig schaute sie aus dem Fenster, es war Linda, aber nicht mit ihrem Auto, ein Mann brachte sie her und so, wie es von hier aus aussah, ein verdammt gutaussehender. Fiona hatte das Gefühl, ein Kloß würde in ihrem Hals stecken, als der Kerl da unten Linda einen Abschiedskuss gab, ihre Hände verkrampften sich in ihrem Nachthemd, so dass die Knöchel weiß hervortraten. Das Fernsehgerät verstummte, Linda hatte es wohl ausgeschalten. Sie hörte, wie Linda leise die Tür des Gästezimmers hinter sich schloss und verharrte eine gefühlte Ewigkeit am Fenster und starrte dem Auto hinterher, das längst verschwunden war. Sie spürte die Kälte nicht mehr, die mehr und mehr durch ihren Körper drang, ihre nackten Füße, die sich mittlerweile wie Eiszapfen anfühlten, hatte keinen Sinn mehr für die Magie des Mondes... sie war einfach nur leer.

Sie stand bewegungslos, als wäre sie zur Salzsäule erstarrt, bis der Morgen graute. Es ging keine Sonne auf, es wurde nicht wärmer, es wurde lediglich ein klein wenig heller und ein stummer Beobachter hätte sich wohl erschrocken, als sie sich plötzlich bewegte, nicht schnell, ihre Knochen fühlten sich steif an. Langsam schlüpfte sie aus ihrem Nachthemd, das sie ordentlich zusammenlegte, machte ihr Bett zurecht, zog sich an, kämmte mechanisch ihr Haar und ging leise nach unten.

Linda erwachte, als Tim sachte an ihrem Haar zog und ihr ins Ohr flüsterte: „Mami… Mami, ich bin wach."

Sie lächelte und flüsterte zurück: „Das höre ich."

Mit noch geschlossenen Augen zog sie ihn in ihre Arme und er kuschelte sich bereitwillig an sie. Nach fünf Minuten hatte er aber genug.

„Los jetzt, Mami, aufstehen, ich habe Hunger."

„Ist ja schon gut", kicherte sie, ihr Blick streifte den Wecker, acht Uhr. Sie ergab sich.

„Gehen wir ins Bad."

Frisch gewaschen und angezogen stiegen sie lachend die Treppe hinunter, es roch bereits nach frischem Kaffee. Tim fand auch gleich sein nächstes Opfer und weckte den im Sessel schlafenden Erich, indem er ihm auf den Schoß hüpfte. Erich zwinkerte müde, bis er begriff, was passiert war und schloss ihn dann lachend in seine Arme. Linda stellte fest, dass der Frühstückstisch bereits gedeckt war. Liebevoll hatte Fiona Wurst und Käse auf einer Platte angerichtet, Honig, Nutella, neben jedem Teller stand ein Glas Orangensaft... nichts fehlte. Dennoch ging sie hinüber in die Küche, um zu sehen, ob sie ihr nicht doch noch etwas helfen könnte.

Fiona war blass, so dass die dunklen Ringe unter ihren Augen umso mehr hervorstachen, trotzdem begrüßte sie Linda strahlend.

„Guten Morgen, mein Mädchen! Fragst du mal bitte, wer alles ein Spiegelei zum Frühstück mag?"

Also machte Linda kehrt und kam gleich darauf zurück.

„Jeder eins", gab sie grinsend Auskunft.

Die Pfanne stand bereits mit dem erhitzten Fett auf dem Herd und Fiona klopfte vor sich hin summend vier Eier hinein. Linda öffnete bereits den Mund, um sie zu fragen, ob sie schlecht geschlafen habe, als Fiona bat: „Liebes, bist du so gut und sorgst dafür, dass sich die beiden an den Tisch setzten...

und… ach ja, schenkst du auch bitte gleich den Kaffee ein? Die Eier sind gleich fertig."

Linda schloss ihren Mund wieder und tat, wie ihr geheißen. Hatte sie Fiona vielleicht doch zu viel zugemutet, indem sie Tim alleine da gelassen hatte?

Nach dem Frühstück verabschiedeten sich Linda und Tim und fuhren nach Hause, Erich versank in seinem Sessel und Fiona in ihren Gedanken.

19

Am darauffolgenden Freitag sprach Bastian Linda an, ob sie schon einen Termin beim Internisten gemacht hätte.

„Nein... ich... nein."

Sie ärgerte sich darüber, dass sie errötete. Sie war noch nicht einmal in die Apotheke gefahren, um die Tabletten zu holen, das Rezept lag noch immer unberührt auf dem Schränkchen.

„Ich sag dir Bescheid, wenn ich den Termin habe."

Er sah ihr an, dass es ihr unangenehm war und beließ es dabei.

Wenigstens fasste sie nun den Entschluss, sich um ihre Medikamente zu kümmern.

Tatsächlich steckte sie am Montag das Rezept in ihre Tasche, brachte Tim ein paar

Minuten früher zur Schule, so dass sie vor der Arbeit noch zur Apotheke fahren konnte. Die ganze Apotheke war bestückt mit Erkältungspräparaten und sie suchte sich eine Lücke aus, durch die sie das Rezept reichen konnte.

„Oh, die habe ich leider nicht da", der Apotheker schüttelte bedauernd den Kopf, „ich muss sie bestellen, heute Mittag ab sechzehn Uhr können sie die Tabletten abholen."

So ein Mist!

Ihre dunklen Augenbrauen zogen sich zusammen, so dass sie fast ein Dreieck bildeten.

„Gut, dann komme ich heute Nachmittag nochmal."

Zähneknirschend fuhr sie ins Büro, wo eine Menge Arbeit auf sie wartete, weshalb der Vormittag wie im Flug verging.

Punkt sechzehn Uhr betrat sie erneut die Apotheke, der Mann hinter dem Tresen erkannte sie gleich, ging kurz nach hinten und kam mit einem Päckchen in der Hand zurück, das er ihr entgegen hielt.

„Nehmen sie die Tabletten am besten morgens, eine halbe Stunde vor dem Frühstück, ein."

Er lächelte ihr charmant zu, so dass sich seine Lachfältchen um die Augen verstärkten, die ihn ungemein sympathisch erscheinen ließen. Sein Haar war graumeliert, aber wahrscheinlich sah er damit sogar interessanter aus als in früheren Jahren.

„Dann sehen wir uns jetzt wohl regelmäßig."

Linda schluckte, irritiert registrierte sie sein Augenzwinkern, merkte, dass sie errötete, schnappte sich das Päckchen und eilte hinaus.

Was glaubt der eigentlich?!

Sie ärgerte sich über die versteckte Anmache, anstatt sich einfach darüber zu freuen und sie ärgerte sich über sich selbst, dass sie noch immer so leicht zum Erröten zu bringen war, als wäre sie noch immer das kleine Schulmädchen. Zum Glück verflog die Hitze in ihrem Gesicht hier draußen in der Kälte recht schnell wieder und mit ihr verflog auch ihr Ärger. Sie würde jetzt mit Tim zu Hause die Sankt Martins Laterne basteln.

Er wollte eine Spongebob Laterne haben, Linda begrüßte diese Entscheidung, dieser Quadratkerl war doch sicherlich nicht allzu schwierig hinzubekommen.

Der Küchentisch sah aus, als hätte eine Bombe eingeschlagen, übersät von Bastelbögen, Transparentpapier, Scheren und Kleber war vom Tisch selbst nichts mehr zu sehen. Und es war doch eine Heidenarbeit! Tim legte großen Wert auf Details. Anfangs noch voller Feuereifer merkte Linda, dass ihre Geduld sie langsam verließ, sie bastelte sowieso nicht sonderlich gerne. *Überhaupt, wieso machen die das nicht in der Schule?! Die werden schließlich dafür bezahlt.*

Das Klingeln an der Haustüre erlöste sie kurzzeitig von Tims hohen Ansprüchen, dankbar langte sie nach einem Küchentuch, das an ihren Händen kleben blieb, weil sie voller Leim waren, weshalb sie die Tür mit dem Ellbogen öffnete.

„Hallo Erik, komm rein."

Missmutig gab sie der Tür noch mit dem Fuß einen leichten Schubs, damit der Spalt groß genug war, so dass Erik hereinschlüpfen konnte.

„Oh, komm ich ungelegen?"

„Im Gegenteil!"

„Was schaust du so grimmig aus der Wäsche?"

Die Antwort erübrigte sich, als er die Küche betrat.

„Erik!"

Tim hüpfte vor Freude, dass er sein Werk zeigen konnte, von seinem Stuhl.

„Schau mal, wir basteln meine Laterne für den Umzug morgen! Ist die nicht toll? So eine schöne Laterne hat sonst bestimmt niemand!" Er begann zu singen.

„Spongebob Schwammkopf, Spongebob Schwammkopf", Erik fiel mit ein, „Spongebob Schwammkooooopf."

Sie lachten und Erik setzte sich an den Tisch, während Linda ihre Hände schüttelte und verzweifelt versuchte, sie von dem Küchentuch zu befreien.

„Sportsfreund, was hältst du davon, wenn wir beide zusammen den Kerl da fertig basteln?"

„Au jaaaa!"

Linda hielt in der Bewegung inne und strahlte ihn an.

„Dann hole ich dir sofort ein Glas Wein!"

„Deal!"

Linda hatte das Tüchlein endlich abbekommen und schrubbte ihre Hände in der Spüle.

„Na endlich! Du hast deine Tabletten geholt!"

Erik hatte das Päckchen auf dem Küchenregal gesichtet.

„War aber auch Zeit!"

„Ja, ich weiß...", antwortete Linda nur gedehnt.

„Hast du auch endlich den Termin beim Internisten gemacht?", bohrte er bei dieser Gelegenheit gleich weiter und erntete dafür einen bösen Blick.

„Komm, ich ruf jetzt für dich an!"

„Aber..."

„Nichts aber, du hast jetzt lange genug herumgetrödelt, keine faulen Ausreden mehr!"

Burschikos zog er sein Handy aus der Hosentasche, googelte kurz nach dem am nächsten gelegenen Internisten und wählte.

„Ja, guten Tag, mein Name ist Jünke…"

Linda schluckte empört, er meldete sich auch noch mit ihrem Namen! Mit zitternden Fingern goss sie die zwei Gläser Wein ein.

„So, mein Schatz, am sechsundzwanzigsten diesen Monats um zehn Uhr hast du den Termin. Gib mir mal was zu schreiben."

Er notierte ihr Name, Adresse und Uhrzeit und legte ihr den Zettel neben die Tabletten.

„Und wehe, du gehst nicht hin!", drohte er mit erhobenem Finger, „dann kommt der Onkel Erik und schleift dich an den Haaren hin!"

Halb empört und halb erleichtert stieß sie mit ihm an, dann setzte er sich wieder an den Tisch und sie schaute den beiden zu, wie sie mit Begeisterung den Quadratkerl zu Ende bastelten und Tim Erik wortreich dazu überredete, morgen Abend zum Sankt Martins Umzug mitzukommen. Sie spürte, wie langsam ihre Anspannung wich, irgendwie war sie nun auch erleichtert, dass Erik die Terminvereinbarung einfach in die Hand genommen hatte, aufgeschoben war schließlich nicht aufgehoben.

Am nächsten Morgen begann sie nun auch endlich mit der Einnahme ihrer Tabletten. Erik hatte ihr den nötigen Tritt in den Hintern verpasst, es nutzte ja alles nichts. Widerwillig spülte sie das kleine, runde Ding mit einem Glas Wasser hinunter.

Tja, da hatte der Apotheker schon Recht, wir werden uns dann wohl öfter sehen…

Leider schaffte sie es nicht, mit der Tablette auch ihre sarkastischen Gedanken hinunterzuspülen. Der Gedanke, dass sie diese Dinger nun täglich bis zu ihrem Lebensende brauchte, nervte sie ungemein.

Wieso ich? Hab ich nicht genug Leid erfahren?

Im gleichen Moment wusste sie, dass dies eine völlig unsinnige und undankbare Frage war, schließlich hatte ein jeder sein Päckchen zu tragen und Millionen von Menschen erging es schließlich schlechter als ihr...

In den nächsten zwei Wochen haderte sie mit sich, ob sie Bastian oder Erik bitten sollte, sie zu dem Arzttermin zu begleiten, andererseits weigerte sie sich trotzig, es war, als müsse sie sich selbst etwas beweisen.

Ich bin eine erwachsene Frau, ich bin stark, ich schaffe das alleine!

Und so kam der sechsundzwanzigste, sie hatte sich frei genommen. Sie brachte Tim zur Schule, hatte noch etwas Zeit, ging einen Kaffee trinken, um die Zeit zu überbrücken, wollte keinesfalls noch einmal nach Hause fahren. Sie spürte, wie sie immer nervöser wurde, je näher der Termin rückte und war froh, als es endlich an der Zeit war, aufzubrechen.

Sie nahm all ihren Mut zusammen und betrat die Praxis.

Sie rümpfte leicht die Nase, als sie den typisch sterilen Geruch nach Desinfektionsmittel wahrnahm. Sie trat vor zur Anmeldung und musste warten, da die

Arzthelferin gerade telefonierte. Sie trug einen flotten Kurzhaarschnitt und machte einen kompetenten Eindruck. Linda ließ ihren Blick umherschweifen. Der Boden war mit blau gemustertem Linoleum ausgelegt, das Mobiliar war durchweg in Weiß gehalten, an der Hand hingen Kunstdrucke von Miro, die das ganze Ambiente etwas auflockerten, die Beleuchtung war ihr fast zu hell und sie dachte, dass dieses grelle Licht sie stören würde, müsste sie hier den ganzen Tag arbeiten.

„So, bitte?"

Die junge Frau hatte aufgelegt und widmete Linda nun ihre ganze Aufmerksamkeit.

„Ja... äh... Linda Jünke, ich hab um zehn einen Termin."

„Haben sie ihr Kärtchen dabei?"

„Ja, natürlich."

Linda reichte ihr das Krankenkärtchen.

„Danke, nehmen Sie doch bitte noch einen Moment im Wartezimmer Platz."

Sie deutete hinter sich auf eine Glastür, als das Telefon schon wieder klingelte und sie den Hörer zur Hand nahm.

Schön, dachte Linda, als sie das Wartezimmer betrat, das mit lauter verschiedenartigen Stühlen ausgestattet war. Sie wählte einen Korbstuhl, von dem aus sie durch die große Glasfront nach draußen sehen konnte. Es saßen noch zwei weitere, ältere Frauen im Raum, die sich durch ihr Eintreten aber nicht stören ließen, so vertieft waren sie in ihre Zeitschriften, von denen zahlreiche auf dem Tisch, der mitten im Zimmer stand, ausgelegt waren. An der Wand hing ein Prospekthalter, in dem sie eine Infobroschüre über Schilddrüsenerkrankungen entdeckte.

Lieber nicht... nicht unnötig verrückt machen.

Nervös begann sie, mit ihren Fingern auf ihrem Knie herum zu trommeln, nun bereute sie doch, niemanden an ihrer Seite zu haben.

Dämlicher Stolz! Was gäbe ich jetzt darum, hätte ich jemanden dabei, der mich ein bisschen ablenken würde.

„Frau Jünke, kommen Sie bitte?"

Die Tür hatte sich geöffnet und eine hübsche junge Frau mit Lockenkopf sah sich suchend im Zimmer um.

„Ja."

Linda stand auf und wurde von ihr in eines der Behandlungszimmer geführt.

Der Arzt tippte gerade noch was in seinen Computer ein, er war schon älter und von unscheinbarer, aber nicht unfreundlicher

Erscheinung. Endlich nahm er die Finger von der Tastatur, rückte seine Brille zurecht und schaute zu ihr auf.

„So! Guten Tag, Frau Jünke, dann wollen wir mal! Ziehen Sie bitte Ihren Pullover aus und legen sie sich hin."

Sie fühlte, wie ihr Puls vor Aufregung zu rasen begann.

Ach, was soll schon sein!

Sie entledigte sich ihres Pullovers und hängte ihn über den Stuhl, dann legte sie sich auf die Patientenliege. Der Arzt stand erst gar nicht auf, er rollte mit samt seinem Stuhl zu ihr herüber und begann, das Ultraschallgerät, das direkt neben der Liege platziert war, zu bedienen. Er nahm den Ultraschallkopf in die Hand, drückte mit der anderen reichlich Gel aus einer Plastikflasche darauf und fuhr dann mit dem

Gerät an ihrem Hals entlang, rechts, links, rauf runter, noch einmal… Linda fröstelte.

Würde er die Flasche auf den Heizkörper stellen, wär das Zeug nicht so kalt!

Was soll's, gleich ist es vorbei…

Es war nicht gleich vorbei, er verharrte an einer Stelle beunruhigend lange, sie drehte ihre Augen zum Monitor, natürlich konnte sie selbst da gar nichts erkennen. Wieder fuhr er den Hals ab, langsamer als vorher, wieder hielt er an der gleichen Stelle inne, mittlerweile fühlte sich das Gerät nicht mehr kalt an, stattdessen begann Linda zu schwitzen und wischte ihre feuchten Hände an ihrer Jeans ab. Endlich säuberte er den Ultraschallkopf und legte ihn wieder zurück, gab ihr ein Papiertuch, mit dem sie ihren Hals von dem klebrigen Gel befreite.

„Sie können sich wieder anziehen."

Gott sei Dank!

Er rollte zurück hinter seinen Schreibtisch, wartete, bis sie sich angezogen hatte, dann deutete er auf den Stuhl ihm gegenüber und Linda setzte sich.

Was will er denn jetzt noch?

„Frau Jünke", begann er ohne Umschweife, „Sie haben da einen Knoten, nicht sehr groß, aber wir müssen ein Szintigramm machen lassen."

Er räusperte sich, als er ihren beunruhigten Blick bemerkte.

„Kein Grund zur Sorge, die Untersuchung tut nicht weh, es handelt sich nur um eine Sicherheitsmaßnahme."

Linda ballte ängstlich die Hände zu Fäusten, ihre Nägel hinterließen Druckspuren in ihren Handflächen.

„Hören Sie, wir werden hier von der Praxis aus den Termin beim Radiologen für Sie vereinbaren."

Er hat mich wohl durchschaut.

Er suchte aus einer Schublade eine Visitenkarte heraus, griff zum Telefonhörer und wählte.

Es war, als wäre sie plötzlich taub, als wäre sie gar nicht mehr hier, sie fühlte nur, wie ihr die Angst die Luft abzuschneiden schien und sich kalter Schweiß auf ihrer Stirn bildete.

„Frau Jünke, geht es Ihnen gut?", riss er sie aus ihren Gedanken.

Sie schluckte. „Äh, ja."

Wie? Er hat schon aufgelegt?

Verblüfft schaute sie ihm ins Gesicht und versuchte, sich zu konzentrieren.

„Also, dieses Jahr wird es leider nichts mehr, die sind voll. Hier", er schob ihr die Visitenkarte hin, auf der er den Termin notiert hatte, „am siebten Januar. Passt Ihnen das?"

Wie in Trance steckte sie die Karte ein, stand auf und drehte sich um.

„Ja… ja, das passt mir."

Nein! Es passt mir nicht!

Leise verließ sie das Zimmer ohne auf Wiedersehen zu sagen. Auch an der Sprechstundenhilfe lief sie grußlos vorbei, nur noch raus! Wie blind ging sie zu ihrem Auto, setzte sich hinein, dann ließ sie ihren Kopf aufs Lenkrad sinken und begann haltlos zu schluchzen.

Knoten… ich habe einen Knoten!

Wie ein Horrorszenario wühlte sich dieses Wort durch ihren Kopf und drehte sich darin wie in einem nicht enden wollenden Kreis, es hämmerte gegen ihre Schläfen und raubte ihr jeden anderen Gedanken.

Den Rest des Tages verbrachte sie wie in Trance, funktionierte wie ein Roboter. Sie holte Tim von der Schule ab, schaltete ihm zuhause das Fernsehgerät ein und behauptete, Büroarbeit erledigen zu müssen. Zu mehr war sie nicht fähig, sie wollte niemanden sehen, wollte mit niemandem reden, sie wollte einfach nur allein sein und brachte all ihre Kraft auf, um vor dem Kind nicht zu weinen.

Sie war froh, als sie am Abend Tim ins Bett bringen konnte und diesen Tag irgendwie hinter sich gebracht hatte. Als er schlief, kuschelte auch sie sich gleich ins Bett, zusammen mit Pauls Foto, das sie fest an sich drückte, und heulte in ihr Kissen. Sie hörte später ein leises Klopfen an der Tür, aber sie öffnete nicht.

Das kann nur Erik sein. Ich kann jetzt nicht... ich kann nicht!

Geh weg! Ich will allein sein, heulen können, meine Ruhe haben!

Sie hörte, wie sich die Schritte im Treppenhaus langsam entfernten.

Wie viel kann ein Mensch eigentlich aushalten? Was denn noch? Lieber Gott, kannst du dir nicht mal wen anderes aussuchen? Ich sag dir was: wenn das alles Prüfungen sind, die du mir auferlegst, dann gehst du mir so langsam aber sicher auf die Nerven! Ich weiß nicht mehr wohin mit meiner Wut!

Sie weinte hemmungslos, wissend, dass Tim einen tiefen Schlaf hatte, der Glückliche, dennoch zog sie vorsichtshalber die Decke über den Kopf.

Warten! Warten bis nächstes Jahr! Zweiundvierzig Tage! Wie soll ich nur bis dahin leben, in dieser Ungewissheit?!

Scheiß Weihnachten! Wenn das nicht wäre, hätte es wahrscheinlich zwei oder drei Wochen gedauert...wär auch noch schlimm genug!

Sie versank im Selbstmitleid, sie ließ es zu, morgen war ein neuer Tag, morgen musste sie wieder stark sein, aber jetzt… nein, jetzt nicht.

20

Am nächsten Morgen kam sie aschfahl und mit roten, verschwollenen Augen zur Arbeit. Bastian hatte schon nach ihr Ausschau gehalten und ihr schlechtes Aussehen fiel ihm sogleich auf, weshalb er direkt zu ihrem Schreibtisch kam, kaum, dass sie sich gesetzt hatte. Er setzte sich leger auf die Platte und fragte ohne Umschweife:

„Was ist passiert?"

Forschend betrachtete er ihr Gesicht, er bemerkte, dass ihr direkt die Tränen in die Augen stiegen, ihr Haar hatte sie heute Morgen nicht gewaschen und ein Wirbel am Hinterkopf hatte sich selbstständig gemacht. Sie sah ihn nicht an und ihre Finger zitterten, während sie mit dem Kugelschreiber herumspielte. Sachte berührte er sie an der Schulter, doch sie wand sich wie ein Aal.

„Sag schon", drängte er sie leise.

Das geht nicht, nicht hier, nicht bei der Arbeit. Wenn ich das Wort jetzt und hier ausspreche, fang ich sofort wieder an zu heulen, nein, es ist mir einfach zu peinlich, hier vor allen, keinesfalls rede ich jetzt darüber!

Andererseits... eins ist klar: ich brauche Hilfe! Ich brauche meine Freunde!

„Hör mal, nicht hier... warum kommst du nicht heute Abend bei mir vorbei? So gegen acht? Da schläft Tim bereits... Und könntest du Erik bitte in der Mittagspause auch Bescheid geben?"

Sie warf ihm einen kurzen Blick zu, der ihn an ein verschrecktes Reh erinnerte, sein Herz zog sich zusammen. Es musste etwas Schreckliches vorgefallen sein...

„Natürlich, das mach ich."

Er drückte leicht ihre Schulter, dann ging er an seinen Platz. Linda sackte auf ihrem Stuhl zusammen, wieder fühlte sie sich sehr allein, für einen kurzen Moment hatte seine Berührung ihr etwas Halt gegeben.

Sie biss sich auf die Unterlippe und erledigte stoisch ihre Arbeit. Den Rest des Tages verdrängte sie, weigerte sich schlichtweg, über ihre Situation nachzudenken, sobald Leerlauf entstand, suchte sie nach Beschäftigung.

Bastian und Erik stapften zusammen die Treppe nach oben, Linda hörte ihre Schritte und stand bereits an der geöffneten Tür. Jeder von ihnen hatte eine Flasche Wein dabei, doch sie fühlte sich nicht in der Lage, sich ein Lächeln abzuringen. Sie trat wortlos zu Seite und ließ die beiden ein. Erik drückte sie wortlos an sich, bangend, was ihn erwartete, denn die dunklen Ringe unter ihren Augen sprachen davon, dass es nichts Gutes sein konnte. Mit hängenden Schultern schlurfte sie voraus ins Wohnzimmer.

„Setzt euch."

Ihre Stimme klang belegt und die beiden schauten sie erwartungsvoll aus großen Augen an, nachdem sie sich nebeneinander aufs Sofa gesetzt hatten.

Jetzt steh ich da, als müsste ich eine Rede halten, alle Augen auf mich gerichtet.

Ein Sonnenstrahl fiel durch das Fenster, genau auf ihr Gesicht und sie blinzelte; er ließ die zarten Härchen in seinem Licht golden schimmern und die unerwartete Wärme empfand sie als tröstlich und ließ sie für einen Augenblick Zuversicht schöpfen. So atmete sie tief durch und beschloss, es kurz zu machen. Sie stemmte ihre Fäuste in die Hüften.

„Ich habe einen Knoten."

So, nun war es heraus. Sie ließ sich langsam in den Sessel sinken, erschöpft, als hätten diese vier Worte ihre ganze Kraft abverlangt. Sie betrachtete ihre Finger, die sie auf ihre Oberschenkel gelegt hatte, als würden diese ihre volle Konzentration abverlangen. Bastian und Erik schwiegen, geschockt, ihre Gedanken wirbelten wie wild durcheinander. Erik fasste sich zuerst.

„Wie geht es weiter?"

„Am siebten Januar habe ich einen Termin für das Szintigramm."

„Ich komme mit dir!"

Bastian stützte sein blasses Gesicht in die Hände.

Das wollte i c h gerade anbieten...

Er stand auf, um Gläser und den Korkenzieher zu holen, den er nach kurzem Wühlen in der dritten Küchenschublade fand.

Immer muss es die letzte sein...

Als er zurückkam, kniete Erik vor Linda auf dem Boden, seine Arme eng um sie geschlungen wiegte er sie wie ein Baby, während er mit monotoner, leiser Stimme immer wieder wiederholte: „Alles wird gut, mein Liebling, alles wird gut..."

Würde es das? Würde alles wieder gut werden? Bastian stellte die Gläser auf dem Tisch ab und entkorkte die erste Flasche.

Angenommen, es wäre nicht gut, was wäre dann mit Tim? Wer wird sich während Lindas Behandlung seiner annehmen, sein Vater war ja nicht mehr da. Könnte ich mir selbst vielleicht lange genug Urlaub nehmen, um mich um den Kleinen zu kümmern, wäre ich dieser Aufgabe gewachsen? Würde Tim sich bei mir wohl fühlen?

Beklommen dachte er an sein kleines Zwei-Zimmer-Appartement, in dem es an genügend Platz zum Spielen fehlen würde, während er den Wein einschenkte.

Die Großeltern, Pauls, Eltern sind ja auch noch da, aber sind sie der Aufgabe gewachsen, Tim über längere Zeit zu sich zu nehmen? Schließlich sind sie nicht mehr die Jüngsten. Vielleicht könnte man sich abwechseln. So, dass keiner zu lange am Stück den Jungen nehmen müsste, Erik würde sicher auch einspringen.

Aber ist das gut für Tim, wenn er von einer Hand zur nächsten gereicht würde?

Er reichte Linda ihr Glas, Erik flüsterte noch einmal: „Alles wird gut!", dann setzte er sich zurück auf die Couch. Linda nahm ihr Glas entgegen, ihre Hände fühlten sich klamm und eiskalt an.

Bastian leerte seines in einem Zug und stellte es klirrend auf dem Tisch ab.

Vielleicht wird ja auch wirklich alles gut! Und bis wir Bescheid wissen, werde ich mit den beiden Zeit verbringen, um Linda abzulenken und damit Tim sich besser an mich gewöhnen kann!

Bastian und Erik taten alles, um Linda in der kommenden Zeit abzulenken, obwohl dieses Wort nicht wirklich bezeichnend war, dachte doch keiner von ihnen an etwas anderes. Die Zeit vertreiben, damit sie schneller umgehen möge, traf es eher. Allabendlich fand sich einer von ihnen oder auch beide Männer bei ihr ein, sie kochten zusammen oder bestellten beim Italiener. Tim erlebte diese Zeit als sehr abwechslungsreich und fühlte sich sehr wohl in der Gesellschaft. Man bemühte sich um ihn, immer fand sich wer zum Spielen, immerzu nahm sich jemand seiner an, bis er ins Bett musste. Auch das wurde immer auf Wunsch von dem übernommen, den er darum bat und Bastian ließ die Prozedur bis zum Verlassen des Kinderzimmers am längsten hinauszögern, weshalb er immer öfter in den Genuss kam. Willig unterhielt er sich nach dem Vorlesen mit ihm, beantwortete geduldig unzählige Fragen wie „glaubst du an den lieben Gott?", „denkst du, wir kommen in den Himmel?", „meinst du, mein Papa ist da oben?", „kann er mich von dort aus sehen?" und „kannst du Mama bitte fragen, ob ich in die Fußballmannschaft für Kinder darf?"

Bastian beantwortete Tims Fragen stets zu dessen Zufriedenheit, bis ihm schließlich die müden Äugelein von alleine zufielen und er sich unbemerkt aus dem Zimmer schleichen konnte, mit einem zufriedenen Lächeln im Gesicht. Er wusste nicht, was es war, aber irgendwas gaben ihm diese Rituale, oder war es der Junge? Tatsache war: er hatte den Kleinen richtig liebgewonnen.

Erik beobachtete es mit großem Wohlwollen, aber auch mit Misstrauen. Schließlich barg Liebe auch Verantwortung in sich und bei aller Sympathie für Bastian fragte er sich manchmal dennoch, ob er auch stabile Gefühle für den Jungen, vor allem aber für Linda aufbringen konnte. Er durfte nicht deren Herzen erobern und sich dann davon stehlen, das hatte Paul schon getan, wenn auch ungewollt. Die beiden brauchten zweifellos einen Mann in ihrem Leben, aber einen, der auch blieb! Erik war bewusst:

würden Linda und Tim Bastian wirklich an sich heran lassen und es würde nachher nicht klappen, also Bastian würde wieder gehen, so war es wieder an Erik, die Scherben aufzusammeln, so wie er es schon einmal getan hatte, sie mühevoll aneinander zu kleben. Doch er wusste, die Ganzheit, wie sie vorher war, konnte man nicht wieder herstellen und vielleicht sogar gar nicht mehr, oder nur bruchstückhaft. Vielleicht wären die beiden dann nicht mehr in der Lage, wirkliches Vertrauen für einen Mann aufzubauen. Auf der anderen Seite wusste Erik, dass ihm nichts anderes übrig blieb, als den Dingen ihren Lauf zu lassen… Vielleicht war es das Beste, wenn Bastian sich als neues Familienmitglied einband, als Partner für Linda, als Vaterersatz für Tim.

Vielleicht war es aber auch die nächste Tragödie, die sich hier anbahnte.

21

Linda war mit Tim in den Park gegangen, es war ein kalter, aber trockener Tag, etwas Bewegung und frische Luft würde ihnen beiden guttun. Sie trugen Moon Boots, dicke Winterjacken, Handschuhe und Mützen, doch ab und zu kam eine eisige Windböe auf, die sie dazu veranlasste, die Mütze weiter ins Gesicht zu ziehen. Sie hatten den halben See umrundet, Linda setzte sich auf eine der Holzbänke und bot so Tim die Gelegenheit, sich auf dem kleinen, hier befindlichen Spielplatz auszutoben. Manchmal dachte sie, der Kleine sei nicht müde zu kriegen, vielleicht lag es aber auch daran, dass sie selbst so müde war.

Ihr Blick schweifte über die kahlen Bäume, den fast leblosen See und sie sehnte sich nach dem Frühjahr, wenn wieder alles zum Leben erwachen würde. Sie schloss die Augen.

Oder Schnee, ja, wenn es wenigstens bald schneien würde, auch dann würde alles freundlicher aussehen. Eine richtig schöne Winterlandschaft, wie mit Zuckerguss überzogen und Eiszapfen, die märchenhaft von Zweigen und Hausdächern hingen und Eisblumen, die die Fenster verzauberten.

Wintermagie- Weihnachtsmagie…

Apropos Weihnachten!

Sie riss die Augen wieder auf und ihr Körper schien sich zu verkrampfen.

Was mach ich jetzt mit Weihnachten?

Geplant war, dass sie Heiligabend wie immer mit Fiona und Erich verbrachten, doch der Gedanke so zu tun, als wäre alles in Ordnung, schnürte ihr die Kehle zu. Oder sollte sie es ihnen erzählen? Dann wäre Weihnachten gelaufen, das wollte sie Tim nicht zumuten…

Sie dachte zurück an Pauls Beerdigung, sah sämtliche Details wieder vor sich, den grauen Himmel, so wie jetzt, fühlte die Kälte, so wie heute, dennoch hatte sie sich anders angefühlt. Das Loch in der Erde, schwarz und düster. Fiona, die weinend am Grab zusammenbrach, als man den Sarg herabließ. Fiona war zwar wie stets wieder der Fels in der Brandung geworden, doch das Strahlen ihrer Augen war nicht mehr da, begraben in dem schwarzen, nassen Loch. Ihr Lachen wollte ihre Augen nicht mehr erreichen. Nein, Fiona und Erich wollte sie mit ihrer Angst verschonen, ihnen den Schock ersparen, das Zittern vor der Diagnose.

Danach, ja, wenn ich das Ergebnis habe, werde ich zu ihnen fahren und alles erzählen. Wenn der Knoten gutartig ist, erzähle ich nur von der Schilddrüsenfehlfunktion... wenn er... wenn er böse ist... dann muss ich es ihnen sagen, dann werde ich sie brauchen, ihre Unterstützung brauchen, für Tim... aber bis dahin... nein, ich sag ihnen jetzt nichts, erst wenn ich weiß, was Sache ist!

Doch der Gedanke, unter diesen Umständen Weihnachten mit Pauls Eltern zu verbringen, blieb ihr unerträglich. Es begann bereits zu dämmern, sie schaute auf ihre Armbanduhr, halb fünf. In einer halben Stunde würde es bereits ganz dunkel sein. Sie stand auf.

„Tim, kommst du? Es ist Zeit, nach Hause zu gehen, es wird gleich dunkel."

„Ooooooch!"

Er verzog sein kleines Gesicht zu einer unwilligen Grimasse, kam aber langsam auf sie zu getrottet und sie hielt ihm ihre Hand entgegen.

„Erik und Bastian werden auch bald kommen!"

Die beiden lassen mich gar nicht zur Ruhe kommen... aber gut so!

„Ja!", Tim hüpfte die letzten paar Meter zu ihr hin und ergriff ihre Hand.

„Spielen wir dann Lotti Karotti?"

Linda lachte.

„Mal sehen!"

Als sie zu Hause ankamen, beförderte Linda Tim zunächst unter die Dusche und schickte ihn in sein Zimmer, damit er seinen Schlafanzug anzog. Kurz darauf kam er in die Küche gehüpft, wo er ihr half, eine kleine Wurst- und Käseplatte fürs Abendessen zu richten und tatsächlich klingelte es auch schon, Tim rannte zur Haustür und riss sie auf.

„Erik ist da!"

Kurz darauf betrat Erik die Küche und Linda lächelte verschmitzt.

„Hunger mitgebracht?"

„Herrlich!"

Er hatte die liebevoll angerichtete Platte entdeckt, die mit kleinen Essiggürkchen und Paprikastreifen dekoriert war. Er drückte Linda kurz an sich und gab ihr einen Kuss auf die Wange, wobei er ein lautes Schmatzgeräusch erzeugte und damit Tim zum Kichern brachte. Da klingelte es auch schon wieder und Tim raste wie ein geölter Blitz in den Flur.

„Bastian ist auch da!"

„Oh, das sieht aber toll aus!"

Auch Bastian blieb bewundernd vor der Platte stehen. Tims Augen strahlten vor

Freude, schließlich hatte er mitgewirkt und Bastian nahm ihn hoch, setzte ihn auf seine Hüfte und wuschelte ihm durch das noch feuchte Haar.

„Guten Abend, Linda."

Verlegen hauchte er ihr einen zarten Kuss auf die Wange, während Linda die Teller aus dem Schrank hob.

Gleich darauf setzten sie sich zum Essen und Tim plapperte fast ununterbrochen, erzählte von der Schule und freute sich, als seine Anfrage zum Lotti Karotti spielen nach dem Essen positiv beantwortet wurde. Den Einwand Bastians, ob er denn nach dem Essen nicht langsam ins Bett müsse, tat er mit einer lässigen Handbewegung ab.

„Mensch Bastian, ist doch Freitag, Wochenende!", und entlockte damit allen ein Grinsen.

„Na dann!", gab Bastian sich geschlagen.

„Apropos", Erik war satt und legte sein Besteck beiseite, „ich fahre morgen zu meiner Schwester, werde also am Wochenende nicht da sein. Ich komm erst am Sonntagabend wieder zurück, ist das okay für dich?"

Er warf Linda einen fragenden Blick zu.

„Klar!", entgegnete sie verblüfft. Wieso fragte er sie, ob das in Ordnung sei? Hatte er solche Bedenken, sie allein zu lassen?

Bastian unterbrach ihre Gedankengänge: „Kein Problem! Ich wollte euch sowieso morgen abholen, das Eisstadion wurde geöffnet und ich dachte, wir könnten Schlittschuhlaufen gehen!"

Linda öffnete ihren Mund, um etwas zu sagen. Hatten die beiden noch alle Tassen im Schrank?! Sie sprachen sich ab, bevormundeten sie, ja, man konnte schon sagen *bemutterten* sie, taten, als wär sie ein kleines Kind, das man nicht allein lassen konnte. Doch Tim war schon laut jubelnd auf Bastians Schoß gesprungen und schlang seine Ärmchen um ihn.

„Au ja, super! Danke, Bastian!"

Linda schloss ihren Mund wieder und stand auf.

„Ich geh mal Lotti suchen."

„Im Regal, Mama, ich hab´s ordentlich aufgeräumt!", nickte Tim eifrig.

„Guter Junge!", wurde er von Bastian lachend gelobt. In einer vertrauten Geste strich er dem Jungen das Haar zurück, mittlerweile war es getrocknet, es fühlte sich ganz weich an und roch süß nach dem Kinderschampoo.

Linda wandte sich ab und ging ins Kinderzimmer. Erik hatte die Szene schweigend beobachtet und hatte natürlich bemerkt, dass seine Freundin angesäuert war. Er spürte, dass sie vielleicht zu weit gingen und sich etwas zurücknehmen mussten, sie fragen mussten. Er lehnte sich zurück und verschränkte die Arme.

Na, wenn das mal gut geht! Ich bin jetzt erst mal zwei Tage aus der Schusslinie...

Er holte ein Bier aus dem Kühlschrank und stellte es kommentarlos vor Bastian auf den Tisch, der sich mit einem arglosen Lächeln bei ihm bedankte.

Alter, du hast keine Ahnung, was dir blüht, du kennst sie nicht so gut wie ich.

„Ich hab das Spiel im Wohnzimmer aufgebaut", rief Linda.

Am nächsten Morgen wurde Linda von einem unangenehmen Ziehen in ihrem Unterleib geweckt.

Oh nein, auch das noch!

Der Gedanke, dass Bastian in zwei Stunden kommen würde, um sie zum Schlittschuhlaufen abzuholen, hob ihre Laune nicht gerade.

Sie stieg unter die Dusche und machte sich fertig, legte vorsichtshalber eine Slipeinlage ein, um bösen Überraschungen vorzubeugen. Absagen kam nicht infrage, Tim freute sich viel zu sehr auf den Ausflug, sie selbst hätte am liebsten den Tag faulenzend auf dem Sofa verbracht, schmusend mit Tim und später einfach eine Pizza bestellen. Missmutig band sie ihr Haar zu einem Zopf zurück, sie hatte keine Lust, sich zu frisieren. Da kam Tim auch schon fix und fertig angezogen angeflitzt.

„Schlittschuhlaufen, Schlittschuhlaufen, jappadappaduuuuh!"

Völlig aufgekratzt schnappte er sich die Bürste, kämmte völlig nachlässig einmal über sein Haar, drehte den Hahn auf, spritzte sich etwas Wasser ins Gesicht.

„Fertig! Ist Bastian schon da?"

Linda musste ihrer schlechten Laune zum Trotz nun doch lachen.

„Jetzt putz mal noch deine Zähne, dann gibt's Frühstück und danach geht's gleich los."

Er hatte schon nach der Zahnbürste gegriffen und drückte die Zahnpasta Tube etwas zu fest, so dass eine kleine Wurst ins Waschbecken spritzte. Linda ging seufzend in die Küche, schaltete die Kaffeemaschine ein und drückte zwei Scheiben Toastbrot in den Toaster.

„Frühstück fertig?"

Wo kam Tim so schnell denn her, er saß bereits am Tisch, sie hatte ihn gar nicht kommen hören. Wieder schüttelte sie nur seufzend den Kopf und stellte zwei Teller auf den Tisch. Tim plapperte pausenlos während des Frühstücks, er war noch nie Schlittschuh gelaufen und fragte Linda Löcher in den Bauch bis sie sagte: „Schluss jetzt, du wirst es ja gleich sehen!"

Tatsächlich klingelte es in diesem Moment an der Haustür und erlöste sie aus dem Verhör.

Keine fünf Minuten später waren sie warm eingepackt mit Bastian zusammen in dessen Auto unterwegs zum Eisstadion. Während der Fahrt ließ Bastian geduldig die gleichen Fragen vom Rücksitz her über sich ergehen, denen Linda schon unterzogen worden war. Sie hörte nicht zu, lauschte der Musik aus dem Radio, war froh, dass das Auto bereits aufgewärmt war, betrachtete die vorbeiziehenden Häuser, die zu dieser Jahreszeit einfach nur grau und trostlos wirkten. Ihr Unterleibsschmerz verstärkte sich, sie genoss die wohltuende Wärme der Sitzheizung und presste ihren Rücken in die Lehne. Sie fühlte, wie ihr Unmut wuchs.

Bastian bog ab und fuhr auf den Parkplatz des Eisstadions, es war schon relativ viel los.

Linda öffnete den Gurt.

Na super, das wird ein Gedränge sein da drin, das fehlt mir gerade noch!

Tatsächlich mussten sie sich an der Kasse in die Schlange einreihen zum Bezahlen, was Bastian übernahm. Dann standen sie an, um sich Schlittschuhe auszuleihen. Tim hüpfte immer ungeduldiger von einem Bein aufs andere, aber wenigstens sein unentwegtes

Plappern war aufgrund des Geräuschpegels in der Halle versiegt.

Bastian hatte längst bemerkt, dass Linda nicht sonderlich gesprächig war, er führte ihr Schweigen auf Gedanken über ihre Krankheit zurück und ließ sie in Ruhe. Stattdessen kümmerte er sich um Tim.

„Welche Schuhgröße hast du denn?"

Es dauerte eine Weile, bis alle ihre Schlittschuhe angezogen und gebunden hatten und sie endlich, Tim unter Gelächter voraus an Bastians Hand, Linda still hinterdrein, wie Störche durch den Gang zur Eishalle staksten. Bastian führte den Jungen direkt aufs Eis, von hinten an den Schultern haltend, und schob ihn vorsichtig vor sich her, damit er zunächst etwas Gefühl für Schuhe und Eisfläche entwickeln konnte. Linda lehnte sich ans Geländer, verschränkte die Arme vor der Brust und schaute zu. Ihr

Körper verkrampfte sich immer mehr, so dass der Schmerz begann, den Rücken hoch zu ziehen. Bastian warf ihr immer wieder mal einen verstohlenen Blick zu.

Sie ist not amused!

Tim begann gerade, die ersten eigenen Schritte zu unternehmen und Linda stellte nicht ohne Stolz fest, dass er sich gar nicht so schlecht anstellte. Da kam plötzlich aus dem Nichts ein Junge in Tims Größenordnung angeschossen, er fuhr richtig gut und sie zog staunend eine Augenbraue nach oben. Sie kannte den Jungen aus der Schule, er war in der gleichen Klasse wie Tim.

Er hielt direkt auf Tim zu und kam direkt vor ihm mit einer eleganten Drehung zum Stehen.

Linda beobachtete, wie die Drei sich kurz unterhielten, der Junge Tim an die Hand nahm und ihn mit sich fort ins Gedränge zog.

Prompt kam Bastian auf sie zu. Er strahlte und seine grünen Augen leuchteten, er stand fest und sicher in diesen Dingern, dachte Linda verächtlich und stieß die Luft aus.

„ Was stehst du da herum? Komm, das macht Spaß!"

Linda verzog die Augen zu einem schmalen Schlitz.

„Ich kann nicht!"

„Oh, sind die Schuhe zu eng?", fragte er fürsorglich.

Sie ballte die Hände zu Fäusten.

„Nein! Ich kann nicht Schlittschuhlaufen!"

„Ach so! Sag das doch gleich! Komm, ich bring es dir bei!"

So langsam geht er mir echt auf die Nerven! Kann er mich nicht einfach in Ruhe lassen?!

„Nein, ich setz mich ins Kaffee und..."

Er hatte einfach nach ihren Händen gegriffen und zog sie nun mit sich aufs Eis, Linda schrie erschrocken auf.

„Lass das, lass das!"

Doch er lachte nur übermütig und zog sie immer weiter auf die glatte Fläche, weg von der Sicherheit spendenden Nähe des Geländers.

Linda bemühte sich verzweifelt, keinen Spagat hin zu legen und starrte konzentriert hinunter auf ihre Füße.

„Nicht hinunter sehen! Schau mich an, immer schön nach vorne."

Ruckartig hob sie ihren Kopf und blitzte ihn an.

„Wenn du mich nicht sofort los lässt!"

Bastian erschrak und löste abrupt seinen Griff. Prompt kam sie ins Rutschen und wäre gestürzt, hätte er sie nicht doch im Reflex wieder aufgefangen, wobei sie rutschte und direkt an seiner Brust landete. Sie traute sich nicht sich zu rühren und blieb nun einfach so stehen. Als würde sie sich an einer Säule festhalten, ihr Körper war steif wie ein Brett.

Bastian hielt sie fest in seinen starken Armen, drückte sie noch etwas fester an sich.

„Was ist denn los, Linda? Hab ich was falsch gemacht?"

Verächtlich warf sie ihren Kopf in den Nacken, um ihm ins Gesicht sehen zu können. Ihre braunen Augen blitzten, als wolle sie ein Feuer mit ihrem Blick entfachen.

„Was du falsch machst?!", äffte sie ihn nach, „einfach alles! Du und Erik, ihr seid schlimmer als Hähne mit ihren Hennen! Ihr bemuttert... nein, ihr bevormundet mich regelrecht!"

Sie verzog ihr Gesicht zu einer hässlichen Grimasse.

„Ich bin am Wochenende nicht da, ist das ok? Ach, das macht nichts, ich geh morgen mit ihnen Schlittschuhlaufen! Was glaubt ihr eigentlich?!" Sie steigerte sich immer mehr in ihren Zorn, ihr Gesicht war rot und ihre Halsschlagader wurde sichtbar. Bastian lockerte seinen Griff, um etwas Luft zwischen sie beide zu bringen, sie bemerkte es nicht, zeterte weiter.

„Was glaubt ihr, wen ihr vor euch habt? Ein kleines Kind?"

Sie versetzte ihm einen leichten Stoß gegen seinen Oberkörper, er kam ins Rutschen und ließ sie los, um sie nicht mit zu ziehen, bevor er auf seinem Hintern landete. Ohne jeglichen Halt versuchte Linda, noch irgendwie ihr Gleichgewicht zu halten, schaffte es aber nicht, beugte sich nach vorne, um sich mit den Händen abzufangen und landete direkt auf Bastian. Für einen kurzen Moment blieb beiden die Luft weg, zahllose Schlittschuhe sausten an ihnen vorbei.

„Es tut mir leid, so war das nicht gemeint! Wir wollten doch nur für euch da sein, für dich und Tim!", raunte er ihr mit belegter Stimme ins Ohr.

„Das weiß ich doch!"

Ja, sie wusste es und schämte sich nun in Grund und Boden für ihren unangemessenen Wutausbruch.

Scheiß Hormone!

Sie versuchte sich aufzurappeln und Bastian von ihrem Gewicht zu befreien, doch plötzlich zog er sie an sich, eine Hand auf ihrem Rücken, die andere an ihrem Hinterkopf. Irritiert ließ sie es geschehen, unfähig zu einer Reaktion. Er zog ihren Kopf zu sich heran, bis ihre Lippen die seinen berührten, sie waren weich und warm und... es war schon so lange her! Sie konnte nicht anders, als zu erwidern, alles ringsherum verschwamm, rückte in die Ferne, als sie sich in diesem Kuss verloren. Erst, als sie unter sich ein Zeichen seiner Erregung spürte, wurde sie wieder gewahr, wo sie sich befanden und löste sich von ihm.

Tim! Wenn er das gesehen hat!

Tim!

Paul! Paul!

Ihre Gedanken begannen sich im Kreis zu drehen, abrupt richtete sie ihren Oberkörper auf.

„Ich… ich kann nicht!"

Sie stieß die Worte zwischen den Zähnen hervor, als wolle sie dafür nicht ihren Mund benutzen, als wollte sie diese Worte nicht. Sie blickte in seine meergrünen Augen, die sie voll verheißungsvoller Zärtlichkeit betrachteten, nahm seine gerade Nase wahr und diesen weichen, schön geschwungenen Mund.

„Ich kann es nicht!", flüsterte sie.

Unbeeindruckt strich er ihr das Haar aus dem Gesicht und musterte sie ungeschmälert voller Wärme.

Er stand langsam auf, half ihr auf die Füße und hielt sie fest.

„Es ist alles gut", flüsterte sein Mund an ihrem Ohr, „darf ich dir jetzt das Schlittschuhlaufen beibringen?"

Sie bedachte ihn mit einem dankbaren Blick.

„Gerne."

Er konnte, trotz der dicken Jacken, die sie trugen, fühlen, wie sich ihr Körper unter seinen Händen entspannte und begann auf seine angenehm ruhige Art, ihr die ersten Schritte beizubringen.

Eine Welle der Wärme und Wohlbefindlichkeit überrollte sie, als er seine Arme um ihre Taille und seine großen, starken Hände auf ihren Bauch legte, sie fühlte sich schwebend wie ein Schmetterling in seinem sicheren Griff über das Eis gleiten.

Sie verschwendete keinen Gedanken daran, wie plötzlich ihre Wut ausgebrochen war, keinen Gedanken daran, wie schnell sie verraucht war, es zählte nur der Moment und in diesem fühlte sie sich wohl.

Der Kuss... einfach nicht mehr darüber reden, einfach vergessen, ja, vergessen, nie passiert!

Bis zum Nachmittag konnte sogar Linda einigermaßen gut laufen, Tim aber glitt über das Eis, als hätte er noch nie etwas anderes getan. Bei Kindern war die Angst zu fallen, die Hemmschwelle, definitiv geringer. Er ließ sich erst blicken, als sein Magen knurrte, weshalb sie den kleinen, in die Halle integrierten Imbiss ansteuerten. Sie behielten die Schlittschuhe einfach an, während sie jeder eine Bratwurst im Brötchen aßen und etwas tranken, dann gingen sie noch einmal aufs Eis. Tim seilte sich sofort wieder zu seinem Freund ab, Bastian lief stets an Lindas Seite, bereit, die Hand nach ihr auszustrecken, sollte sie ins Rutschen kommen.

Linda war nun gelöst, befreit. Sie fühlte keine Schmerzen mehr, lachte und alberte mit Bastian. Sie war völlig entspannt und genoss diese paar Stunden nun in vollen Zügen, ohne sich über irgendetwas Gedanken zu machen.

Bastian war erleichtert.

War die Idee mit dem Schlittschuhlaufen also doch gut!

Nur... das mit dem Kuss, hm, Zeit, ich gebe ihr einfach Zeit, denn die Zeit läuft für mich. Irgendwann ist sie wieder bereit für einen Mann, und ich werde dann da sein, Kleines, ich krieg dich, ich will dich!

Dennoch kam er über ein leises Gefühl der Unsicherheit nicht umhin und die Frage, ob sie je für ihn erreichbar sein würde, baute sich vor ihm auf wie ein Berg, den es zu erklimmen galt und er würde ihn in Angriff nehmen, das würde er tun, sein Jagdinstinkt war geweckt.

Tim waren auf dem Nachhauseweg schon die Augen zugefallen und so schlief er am Abend sofort ein, als Linda ihn zu Bett gebracht hatte. Sie küsste ihn auf die Wangen, die von der Kälte und der vielen Bewegung heute eine gesunde Farbe hatten, sich nun aber warm und zart anfühlten.

Sie legte sich aufs Sofa und griff nach dem Buch „Der Augenblick mit dir", merkte aber schnell, dass sie heute Abend nicht fähig war, sich aufs Lesen zu konzentrieren und legte es aufgeschlagen auf ihrer Brust ab.

Sie schaute zu dem Foto an der Wand mit dem Bedürfnis, Paul von ihrem Tag zu erzählen.

Es war ein schöner Tag gewesen heute, ja, richtig schön! Wir alle hatten so viel Spaß und dieses Austoben hat mir wahnsinnig gut getan! Ich fühle mich so schön ausgepowert und gleichzeitig so kraftvoll.

Sie rutschte tiefer in das Kissen und drehte den Kopf wieder weg. Verträumt beobachtete sie eine winzig kleine Spinne, die sich in der Ecke von der Zimmerdecke herabließ.

Und dieser Kuss… er war… er war…

Ganz von selbst wanderten ihre Finger zu ihrem Mund und streichelten sanft über ihre Lippen, denen ein wohliges Seufzen entwich, dann jedoch wanderte ihr Blick schuldbewusst zurück zu dem Foto.

Paul, mit seinem dunklen, lockigen Haar, das stets zu lang zu sein schien, wie er sie im Arm hielt und an sich drückte, seine braunen Augen, mit denen er sie ansah, verheißungsvoll, mit so viel Wärme und Liebe. Ihr eigenes Gesicht, das ihr entgegenstrahlte, erfüllt von Glück, dem Ausdruck der besagte, dass alle Wünsche in Erfüllung gegangen waren.

Schnell zog sie ihre Finger weg von ihrem Mund.

„Es tut mir leid, Paul. Ich liebe dich."

Würde es jemals ein Ende nehmen, dieses Sehnen, dieses sich Zerreißen zwischen Traumwelt und Realität, das Streben nach Erfüllung unerreichbarer Wünsche? Sie fühlte sich allein wie schon lange nicht mehr, sie zog die Decke von der Lehne herunter und breitete sie über sich aus.

Paul, was soll ich nur tun?

Allein bleiben, allein mit dir, obwohl du nicht mehr bei mir bist? Oder Abschied nehmen, ein neues Leben beginnen? Aber wie sollte ich, wie könnte ich?!

Ohne die Augen von dem Bild noch einmal abzuwenden schlief sie auf dem Sofa ein, träumte sich durch das Labyrinth ihrer Erinnerungen, deren Gesichter auf erschreckende Weise von Paul zu Bastian abwechselten.

22

Fiona stand in der Küche und das ganze Haus war eingehüllt in weihnachtlichen Plätzchenduft. Leise Radiomusik begleitete ihre Bewegungen beim Durchkneten und Walken des Teigs und manchmal sang sie mit. Vier verschiedene, liebevoll verzierte Gebäckarten hatte sie schon geschafft, jetzt noch das Buttergebäck, das Tim so gerne mochte. Sie nahm einen extra Klumpen und formte einen großen Schneemann daraus. Wenn er fertig war, würde sie ihn mit Lebensmittelfarbe lustig bemalen. Vor ihrem geistigen Auge sah sie Tim schon mit leuchtenden Kinderaugen vor sich stehen.

Sie stand Weihnachten mit gemischten Gefühlen gegenüber, vermischte sich doch das Freudenfest mit dem Todestag ihres Sohnes…

Aber sie hatte sich fest vorgenommen, sich zusammen zu reißen, für ihren Enkelsohn. Sie würde das Fest noch schöner vorbereiten als all die Jahre zuvor, die leuchtenden Augen des Jungen würden ihnen allen helfen.

Das Wohnzimmer hatte sie wunderschön dekoriert, sie war extra im Baumarkt gewesen und hatte ihren Bestand um einige neue Stücke angereichert, die ganze Zeit mit dem Gedanken „das wird Tim gefallen!" So stand nun zusätzlich zur alten Deko zum Beispiel eine Pyramide aus Holz mit wunderhübschen, fein gearbeiteten Engelsfigürchen, die sich, wenn man die kleinen Kerzen darunter anzündete, begannen zu drehen, auf der Fensterbank. Den Weihnachtsbaum hatte sie um einige neue Kugeln ergänzt, die mit Weihnachtsmännern bemalt waren und im Lichterkettenschein glitzerten. Ach ja, den

Weihnachtsbaum, den hatte sie natürlich alleine nach Hause schleppen dürfen. Ein Glück stand zwei Straßen weiter immer ein Baumverkäufer um diese Jahreszeit auf dem kleinen Platz, denn ins Auto hätte sie ihn nicht bekommen. Der Verkäufer war sehr freundlich gewesen und hatte ihr, bevor er den Stamm anspitzte, einen kleinen Pappbecher mit Glühwein gereicht, der wohlig ihre Hände wärmte und auch den Rest ihres durchgefrorenen Körpers, nachdem sie ihn ausgetrunken hatte. Sie grinste als sie daran dachte, wie ihr der Nachhauseweg, obwohl sie den schweren Baum hinter sich her zog, gar nicht so weit erschienen war.

Sie schob das Blech mit Tims Schneemann in den Ofen und lief mit ihren teigigen, mehlbestäubten Händen hinüber ins Wohnzimmer, um ihr Werk wieder und wieder zu betrachten, voller Stolz auf ihre

Leistung. Früher hatte Erich ihr dabei geholfen und wehmütig dachte sie an die stets geführten Diskussionen zurück, wo nun welche Kugel zu hängen hatte, ob der Baum so gerade stand oder die Spitze zu kurz geschnitten wurde. Sie erinnerte sich, wie Erich immer vor sich hin fluchte beim jährlichen Entwirren der „verdammten Lichterkette". Nun machte sie das alles ganz alleine und sie versuchte verzweifelt einen Vorteil darin zu erkennen, dass die jährlichen Streitereien nun ausfielen, aber es wollte ihr nicht gelingen.

Voll Wehmut und Stolz schweifte nun ihr Blick durch das vom Weihnachtsglanz erstrahlende Zimmer, übersprang den Anblick des im Sessel sitzenden Erichs. Sie hatte überall Mehrfachstecker benötigt, um auch die an den Fenstern befestigten, mit Lämpchen versehenen Sterne zum Leuchten zu bringen, deren hoffnungsvolles Licht sich in ihren blauen Augen spiegelte wie Sterne vom nachtblauen Himmel auf der Wasseroberfläche eines Sees. Gedankenverloren betrachtete sie den kunterbunten Adventskranz auf dem Tisch, an dem morgen bereits die vierte Kerze brennen würde.

Sie seufzte. Tim sollte das schönste Weihnachten aller Zeiten haben und daran konnten sie alle ihre Herzen erlaben, ihre müden Seelen auftanken.

Mit einem angedeuteten Lächeln kehrte sie zurück in die Küche.

23

Als Linda am Morgen erwachte, fühlten sich ihre Glieder schwer wie Blei an. Sie fühlte sich keinesfalls ausgeschlafen, geschweige denn erholt, stattdessen wie durch den Fleischwolf gedreht. Die Erinnerungen der Nacht lagen schwer auf ihren Schultern und sie bemerkte die Kopfschmerzen, noch bevor sie die Augen geöffnet hatte.

Sie erhob sich vom Sofa und schlich zur Kinderzimmertür, lauschte, noch alles ruhig. Gut, Tim schlief noch.

Dann nutze ich jetzt die Gelegenheit, ich muss es endlich hinter mich bringen und Tim muss es nicht mitbekommen, bis Heiligabend fällt mir schon noch was ein.

Sie ging in die Küche, schloss leise die Tür hinter sich und setzte sich mit ihrem Handy an den Küchentisch.

Fiona kam gerade mit Max nach Hause, sie ging immer in der Früh mit ihm einen ausgiebigen Spaziergang machen. Sie waren wieder an ihrem Platz gewesen, ihrem Paul-Platz. Trotz des kalten Regens, der ihr stellenweise ins Gesicht gepeitscht hatte, hatte sie die sie umgebende Stille genossen, war mit geschlossenen Augen am Geländer gestanden und hatte dem Wind zugehört, der ihr von der Vergangenheit erzählt hatte.

Sie nahm das alte Handtuch, das im Flur extra dafür vorgesehen in der Ecke lag und rubbelte Max ab, bis ihm das Fell in alle Richtungen abstand. Sie schlüpfte gerade aus ihren Schuhen, als das Telefon klingelte. Sie griff nach dem Hörer, noch eingepackt in ihre warme Jacke, das Regenwasser troff ihr aus dem Haar.

„Jünke."

„Guten Morgen Fiona, geht's euch gut?", Lindas Stimme klang gehetzt, „hör mal, ich wollte dir Bescheid geben, wegen Weihnachten. Also... das klappt bei uns nicht, wir können Heiligabend nicht kommen, aber ich werde mich melden. Liebe Grüße an Erich."

Fiona war die Kinnlade heruntergefallen, doch noch bevor sie etwas sagen konnte, hatte Linda auch schon aufgelegt.

Eine gefühlte Ewigkeit starrte sie auf den Hörer in ihrer Hand, der nun nass war und nur noch einen durchgehenden Ton von sich gab, der Hörer in ihrer Hand, der Schuld war daran, dass in diesem Moment eine Welt für sie zusammen brach. Ihre Welt, die sie allzu mühselig aufgebaut hatte, mit ihrer letzten, verbleibenden Kraft. Ihre Hand begann zu zittern und endlich legte sie den Hörer zurück, nicht fähig, einen klaren Gedanken zu fassen, alles schien sich zu drehen. Wie um Gottes Willen sollte sie dieses Weihnachten ertragen, Pauls Todestag ertragen ohne Tims und Lindas tröstliche Anwesenheit? Mit Erich, der schweigend in seinem verdammten Sessel sitzen würde?

Linda saß am Küchentisch und nippte nachdenklich an ihrer Kaffeetasse.

Es ist besser so, ja, es ist richtig so. So können Erich und Fiona einen ruhigen, besinnlichen Abend verbringen. Wenn ich dort wäre, könnte ich mein trauriges Gesicht nicht verstecken und Fiona würde bohren, so lange bohren, bis ich sagen würde, was los ist.

Und damit würde ich allen Heiligabend versauen.

Wenn ich weiß, was los ist, wenn Weihnachten vorbei ist, dann... dann werde ich mit ihnen darüber reden.

Und schon beim Gedanken an ihre Krankheit, der bevorstehenden Untersuchung und dem daraus resultierenden Ergebnis schnürte ihr die Angst die Kehle zu, ihr Hals schien enger zu werden und ließ der Luft nicht genug Platz, ihre Lungen zu füllen.

Da hörte sie Tims Zimmertür und wie er noch leicht schlaftrunken zu ihr in die Küche tapste, ihr Retter, ihr Anker.

Verschlafen vor sich hin brummelnd krabbelte er auf ihren Schoß, wo er sich einrollte und seinen Kopf an ihre Brust kuschelte. Fest hielt sie ihn im Arm.

Auf keinen Fall werde ich loslassen, ich werde nicht loslassen!

Als Tim seine Aufwachphase hinter sich gebracht hatte, frühstückten sie zusammen, dann schickte sie ihn ins Badezimmer zum Zähneputzen, während sie die Küche wieder in Ordnung brachte. Gedankenverloren betrachtete sie beim Geschirrspülen die bunten Blasen, die durch das Spülmittel im Wasser entstanden und in allen Regenbogenfarben schillerten, da klingelte das Telefon und holte sie zurück.

Oh je, das ist bestimmt Fiona.

Sie biss sich auf die Unterlippe und überlegte, ob sie rangehen sollte. Doch ein Blick aufs Display zeigte ihr Bastians Nummer und sie seufzte erleichtert, bevor sie das Gespräch annahm.

„Hallo Bastian!"

„Guten Morgen! Habt ihr heute schon was vor? Ich wollte fragen, ob ihr nicht Lust hättet, mit mir auf den Weihnachtsmarkt zu gehen?"

Ja, alles, nur nicht zu viel nachdenken!

„Klar, super!"

„Okay, dann hole ich euch nachher ab, wir können ja dann dort zu Mittag essen."

„Gut, bis nachher dann, tschüs."

Nichts schlimmeres, als ein trüber Sonntag allein mit trüben Gedanken.

Dankbar für die bevorstehende Ablenkung machte sie eilig das Geschirr fertig und gesellte sich dann zu Tim ins Badezimmer, um sich fertig zu machen.

Sie hatte Lust sich zu schminken und gab sich viel Mühe mit ihrem Make-up, es war, als wolle sie sich vor sich selbst verstecken.

Wenn ich zufrieden bin mit meinem Aussehen, werde ich mich besser fühlen.

Sie ließ die Augenränder unter Puder verschwinden, zauberte mit etwas Rouge gesunde Farbe auf ihre Wangen, legte noch Lidschatten, Wimperntusche und Lipgloss auf und lächelte ihrem Spiegelbild zu.

Geht doch, ich hab mich versteckt!

Bastian klingelte alsbald an der Haustür und warf ihr bewundernde Blicke zu, als sie ihm lächelnd öffnete. Sie freute sich über die Bestätigung und fühlte sich tatsächlich besser, lebendiger. Er machte Anstalten, ihr einen Begrüßungskuss geben zu wollen, doch sie wandte ihr Gesicht ab und rief nach Tim, als hätte sie es nicht bemerkt.

Es dauerte noch ein paar Minuten, bis Linda und Tim sich in Winterjacken, Mützen,

Schal, Stiefel und Handschuhe gehüllt hatten, vor allem Tims Handschuhe hielten auf, weil der Junge mehrfach die Finger durcheinander brachte.

„Aber jetzt!", rief er lachend, als er es mit Lindas Hilfe schließlich geschafft hatte.

Sie stellten das Auto im Parkhaus ab. Von hier aus mussten sie den Zebrastreifen überqueren, um in die Fußgängerzone zu gelangen.

Es war der Zebrastreifen, auf dem Paul damals überfahren worden war. Linda hatte seitdem diesen Eingang zur Fußgängerzone gemieden. Sie starrte beklommen auf die nassen, weißen Streifen, die sich schmutzig vom grauen Teer der Straße abhoben. Fest hielt sie Tim am Arm.

Hier hast du also gelegen, hier bist du gestorben, bist du gegangen. Und wir stehen nun hier, genau hier, ohne dich.

„Kommt ihr?"

Bastian hatte schon zwei Schritte auf die Straße getan und schaute nun zurück zu ihnen.

Er weiß es nicht, er kann es ja nicht wissen.

Zögernd schaute sie mehrfach nach links und nach rechts, bevor sie Tim hastig mit sich zog.

„Aua, nicht so fest, Mama!", meuterte er, doch sie lockerte ihren Griff erst, als sie die sichere Fußgängerzone betraten.

Von hier aus schon hörte man das große, alte Kinderkarussell, das jedes Jahr am Rande des Platzes stand und die halbe Stadt mit lauter Weihnachtsmusik zu erfüllen schien.

Je weiter sie sich dem Platz, auf dem der Weihnachtsmarkt aufgebaut war, näherten, desto mehr Menschen tummelten sich schnatternd und kauend in der Fußgängerzone und Tim wurde immer aufgeregter.

Sie erreichten das riesige Karussell und Tim blieb stehen, um mit leuchtenden Kinderaugen die alten Holzpferde und schaukelnden Kutschen zu betrachten, die sich hier zu „Leise rieselt der Schnee" im Kreis drehten.

„Darf ich fahren?"

„Klar, ich hole dir ein Ticket!"

Bastian verschwand in der Menge, um bald darauf mit einer Fahrkarte zurück zu kommen, genau rechtzeitig, wie Tim fand, das Karussell hatte gerade angehalten, um die neuen Fahrgäste aufsteigen zu lassen.

Linda hielt seine Hand und half ihm beim Erklettern der Plattform, die aus alten Holzdielen bestand.

„Ich will auf das große, schwarze Pferd da hinten!", versuchte er die Musik zu übertönen. Linda nickte und hob ihn in den Sattel.

„Schön festhalten!", ermahnte sie ihn noch, bevor sie sich wieder zu Bastian gesellte.

Tim strahlte wie ein Honigkuchenpferd, als sich das Gefährt in Bewegung setzte und winkte ihnen jedes Mal aufgeregt zu, wenn er an ihnen vorbei kam.

Linda fühlte, wie sie begann sich zu entspannen, sich ihr Herz erwärmte an dem Strahlen ihres Sohnes.

Allzu schnell war die Fahrt vorbei und sie mussten dem Jungen hoch und heilig versprechen, dass sie auf dem Rückweg nochmal Halt machen würden und er noch eine Runde drehen dürfte, bevor sie weiter schlenderten, um kurz darauf wieder stehen zu bleiben, um die fast lebensgroß aufgebaute Krippe zu bewundern.

Der Duft von gebackenen Waffeln, Pizza, Currywurst und gebrannten Mandeln stieg ihnen in die Nasen.

„Was hältst du davon, wenn du mit Tim in die Weihnachtsbäckerei gehst, das wird ihm bestimmt Spaß machen. Ich besorge uns inzwischen was zu essen und zu trinken. Das wird sicher dauern, hier stehen die Leute überall Schlange", schlug Bastian vor.

„Was ist die Weihnachtsbäckerei?", wollte Tim auch gleich wissen.

Linda streckte ihm lächelnd die Hand hin.

„Komm mit, ich zeig sie dir."

Sie kamen in dem Gedränge nur langsam vorwärts, aber das machte nichts. Linda fühlte sich durch die weihnachtliche Stimmung von Ruhe und Frieden durchdrungen und freute sich darauf, Tim die Weihnachtsbäckerei zu zeigen. Unterwegs kamen sie an einem Stand vorbei, an dem Weihnachtsmützen verkauft wurden, Zipfelmützen aus rotem Plüsch, der weiße Rand war mit roten Sternen besetzt. Im Inneren verbarg sich ein kleines Kästchen mit einer Batterie und wenn man das kleine Gerät einschaltete, blinkten die Sterne. Begeistert blieben sie stehen.

„Bitte Mama, bitte! Krieg ich so eine?"

Lachend nahm Linda eine vom Ständer.

„Halt! Du brauchst auch eine!"

Linda ließ sich überreden.

„Da wird Bastian aber staunen, wenn er uns sieht!", kicherte Tim, „oh, sollen wir ihm nicht eine mitbringen? Dann freut er sich bestimmt!"

„Du hast Recht, er kriegt auch eine!"

Sie bezahlte die drei Mützen, verstaute die Mützen, die sie auf dem Kopf hatten und die für Bastian gedachte in ihrer Tasche, schaltete ihre und Tims gleich ein, dann setzten sie sie auf und betrachteten sich lachend gegenseitig.

Endlich betraten sie die kleine Holzhütte. Hier drinnen war es sehr warm. Der große Ofen verbreitete eine Hitze in dem kleinen Raum, der vollgestopft war mit Kindern, die ihr Gebäck backen wollten. Sie mussten aber nicht lange warten, bis Tim vor einem Blech und einem kleinen Teigklumpen saß, Linda ging neben ihm in die Hocke.

„So, jetzt kannst du mit deinem Teig formen was du möchtest, dann kommt das Blech in den Ofen und wenn es fertig ist, darfst du es mitnehmen."

„Au fein!"

Eifrig begann Tim, seinen Teig auseinander zu nehmen, während Linda ihren Blick umher schweifen ließ.

Sie dachte zurück an die fünf Jahre, an denen sie mit Tim und Paul gemeinsam zum Weihnachtsmarkt gegangen war und wieder übermannte sie die Sehnsucht wie eine haushohe Welle, die sich aufbäumte im riesigen Ozean. Sie hatten ihr Auto immer im Parkhaus abgestellt, waren über den Zebrastreifen gegangen mit Tim in der Mitte, das Bindeglied zwischen ihnen beiden, das sie und Paul hatte zu einer Einheit verschmelzen lassen.

Plötzlich fühlte sie etwas an ihrer Wange, eine leise Berührung. Sie fasste mit ihrer behandschuhten Hand an die Stelle, aber da war nichts. Es hatte sich wie Pauls Streicheln angefühlt.

Verstört schob sie Tim die Mütze etwas zurück, die ihm ins Gesicht gerutscht war, weil sie ihm etwas zu groß war.

„Fertig!", rief Tim unvermittelt und forderte Linda mit einer Handbewegung auf, sich sein Werk anzusehen, welches sie auch sogleich gebührend bestaunte. Sie betrachtete nun das süße Gebäck, das Tim zu drei Männchen und einem Weihnachtsbaum geformt hatte. Den Baum hatte er mit bunten Zuckerstreuseln bestreut.

„Das hast du toll gemacht!", lobte sie ihn.

„Das bin ich", erklärte Tim und zeigte auf das kleinste Männchen, „und das da bist du und hier ist Papi. Und wir sind alle zusammen um den Baum, den Papi und ich geschmückt haben und feiern Weihnachten!"

Linda lächelte traurig.

„Das ist wirklich wunderschön, mein Schatz!" Sie räusperte sich und wischte sich mit dem Handrücken verstohlen über die Augen.

„So, jetzt kommt alles kurz in den Ofen und dann darfst du es mit heim nehmen." Sie gab ihm einen Kuss auf die Mütze.

„Denkst du, Papa kann uns sehen vom Himmel aus und mit uns die Weihnachtslieder singen?"

„Aber ja, Tim, ganz sicher!" Linda drückte ihn ganz fest an sich.

Plötzlich konnte sie den Gedanken, mit Bastian weiter über den Weihnachtsmarkt zu schlendern nicht mehr ertragen. Während sie auf Tims Plätzchen warteten, zog sie ihr Handy aus der Tasche und schrieb ihm eine SMS:

Hallo Bastian, sei mir bitte nicht böse, aber mir ist plötzlich sehr übel geworden, deshalb fahre ich mit Tim mit dem Bus nach Hause. Lass dir davon bitte nicht den Tag verderben, viel Spaß noch!

Sie stellte ihr Handy auf lautlos und steckte es wieder ein.

Vorsichtig verpackte sie Tims fertiges Gebäck in ihrer Tasche.

„Hör mal, Schatz, Bastian musste leider weg. Wir beide fahren mit dem Bus heim."

„Och nö!" Wütend verschränkte Tim die Arme vor der Brust und stampfte mit einem Fuß auf.

„Wir sind noch gar nicht lange hier!", protestierte er lautstark, „und überhaupt", fiel ihm noch ein, „was ist mit seiner Mütze?"

Linda verdrehte die Augen himmelwärts.

„Die geben wir ihm, wenn wir ihn das nächste Mal sehen. Komm, jetzt sei nicht bockig!"

„Wo musste er denn plötzlich hin?", wollte er nun noch wissen.

„Das weiß ich nicht! Weißt du was? Ich geh jetzt auch nochmal mit dir Karussell fahren, bevor wir uns auf den Heimweg machen."

Das Ablenkungsmanöver war ihr gelungen, doch während sie zurück zum Karussell liefen, fühlte sie mehrfach das vorwurfsvolle Vibrieren ihres Handys in ihrer Tasche.

Tim machte dennoch ein trauriges Gesicht, dass sie den Tag nicht weiter mit Bastian verbrachten und so tröstete Linda ihn mit der Aussicht, morgen zusammen den Weihnachtsbaum zu kaufen und den Rest des Sonntags mit ihm Monopoly zu spielen.

Sie hielt ihr Versprechen und am nächsten Tag fuhr Linda mit Tim in ihrem alten Corsa zum Baumarkt, wo sie gemeinsam den schönsten Weihnachtsbaum aussuchten. Ausnahmsweise musste Tim vorne auf dem Beifahrersitz Platz nehmen und Linda kippte die Lehne der Rückbank nach vorne, so dass sie den Baum durchladen konnten. Tim kicherte auf der ganzen Heimfahrt, weil ihn die Nadeln kitzelten und piekten.

Gemeinsam schleppten sie ihn nach oben in die Wohnung.

„Ich hole schnell im Keller den Baumständer, pass auf, dass das Ding nicht umfällt."

Es war besser, Tim eine Aufgabe zu erteilen, wenn man ihn alleine ließ…

Schnell sprang sie die Treppen hinunter, holte den Baumständer aus dem Keller und eilte wieder nach oben.

„So, da bin ich wieder."

Sie war völlig außer Puste. Sie platzierte den Ständer im Wohnzimmer, dann hoben sie den Stamm gemeinsam hinein und Linda fixierte ihn, so dass der Baum fest stand. Mit Hilfe einer Schere entfernten sie das Netz.

„So lassen wir ihn jetzt bis morgen stehen, damit die Zweige sich schön aushängen können und dann schmücken wir ihn!"

„Ach, morgen erst?" Tim zog eine Schnute.

„Ja, Papa hat das auch immer so gemacht."

„Na gut, dann geh ich jetzt in mein Zimmer, Lego spielen."

„Ist gut, ich bin dann in der Küche und fange schon mal mit Kochen an."

Sie begutachtete noch einmal den Baum, schob und drehte ihn noch etwas herum, einen wirklich schönen Baum hatten sie gefunden!

Da klingelte das Telefon. Sie schaute aufs Display, eine Nummer, die ihr im Moment nichts sagte.

„Jünke, hallo!"

„Guten Tag, Frau Jünke! Sie haben im Januar einen Termin bei uns in der Praxis, aber wenn es bei Ihnen passen würde, könnten Sie morgen früh um halb neun zum Szintigramm kommen, der Termin wurde abgesagt. Klappt das bei ihnen?"

Linda erstarrte zur Salzsäule und schluckte hart, in ihrem Bauch schien sich etwas verknoten zu wollen.

„Hallo? Sind sie noch dran?"

„Ja... ja, ich komme", krächzte sie in den Hörer und legte auf.

Ihr Puls raste und ihr Herz drohte, aus ihrer Brust zu springen, langsam ließ sie sich auf einen Stuhl sinken.

Sie wusste nicht, wie viel Zeit vergangen war, bis sie wieder einen klaren Gedanken fassen konnte. Zum Glück war der Betrieb zwischen Weihnachten und Neujahr geschlossen. Sie würde also Erik bitten, morgen früh nach oben zu Tim zu kommen. Aber unbedingt brauchte sie jemanden, der sie begleitete, der Gedanke, alleine zu diesem Termin zu gehen, war ihr unerträglich.

Mit zitternden Fingern wählte sie Eriks Nummer. Gestern in der Nacht hatte sie gehört, wie er nach Hause gekommen war. Ganz selbstverständlich erklärte er sich sofort bereit, auf Tim aufzupassen, während sie beim Arzt war.

So... jetzt Bastian.

Sie traute sich nicht, ihn anzurufen, nachdem sie ihn gestern einfach versetzt hatte, weshalb sie ihm wieder eine SMS schrieb:

Hallo Bastian, entschuldige nochmal wegen gestern... Ich habe eine große Bitte an dich:

Mein Termin wurde auf morgen früh vorverlegt, würdest du mich bitte begleiten?

Schnell drückte sie auf „Senden", als würde sie sich auf dem Display die Finger verbrennen und behielt das Handy in der Hand. Was, wenn er nun nicht antworten würde? Sauer war, nicht mit ihr ging? Ihr Kopf arbeitete fieberhaft. Wen könnte sie dann fragen? Höchstens, sie bat notfalls Fiona, auf Tim aufzupassen, damit Erik sie begleiten konnte. Ja, das wäre eine Option. Sie könnte Fiona sagen, sie hätte einen Routine Termin beim Zahnarzt…

Das Summen, das eine eingegangene Nachricht ankündigte, ließ sie aufschrecken und schnell tippte sie auf die entsprechenden Tasten, um die Nachricht zu lesen:

Um wieviel Uhr?

Erleichtert stieß sie die Luft aus und schrieb zurück:

Halb neun

Gleich darauf eine neue Nachricht:

Ich werde da sein

Linda rutschte das Handy aus der Hand und fiel scheppernd auf die Tischplatte. Nur noch ein einziges Wort fand Platz in ihrem Kopf:

Morgen… morgen!

„Was gibt es denn zu essen?", rief Tim aus seinem Zimmer.

Sie fühlte sich nicht in der Lage, aufzustehen und zu kochen, fühlte sich wie von einem Lastkraftwagen überrollt, zu schwach. Erneut griff sie nach ihrem Handy.

„Welche Pizza magst du?"

24

Mit weit aufgerissenen Augen lag Fiona in ihrem Bett, frierend trotz der zusätzlichen Decke. Erich lag neben ihr, leise schnarchend, das Gesicht von ihr abgewandt.

Sie kommen nicht! Sie kommen nicht!

Wie soll ich das überstehen? Pauls Todestag! Weihnachten ohne ihn, ohne die Menschen, die er hinterlassen hat, ohne Tim, in dem er weiter lebt?

Der Mann! Es liegt bestimmt an diesem Mann, der Linda nach der Weihnachtsfeier zurückgebracht hat!

Ich werde sie und Tim verlieren! Früher oder später wird sie eine neue Familie gründen, vielleicht schon mit diesem Mann. Sicher verbringen sie Weihnachten mit ihm und für mich wird dann kein Platz mehr sein, kein Platz mehr für mich, für die alte Oma, die nicht zu dem neuen Leben gehört, nur ein dunkler Fleck, ein Schatten der Vergangenheit werde ich sein, eine unangenehme Erinnerung an Zeiten, die vorbei sind...

Luft! Ich kriege keine Luft!

Sie sprang aus dem Bett, riss das Fenster auf und sog die eisige Luft in ihre schmerzenden Lungen.

Ich kann nicht mehr, ich halte das nicht mehr aus, ich kann nicht mehr!

All die herunter geschluckten Schreie vereinigten sich in ihr zu einem einzigen, grauenvoll lauten Schrei in ihrem Inneren, bis alles in ihr nur noch schrie.

Sie schloss das Fenster, verließ das Schlafzimmer und stieg die Treppe hinab, blind und taub, machte sich nicht die Mühe, leise zu sein und Erich räkelte sich unruhig in seinem Bett.

Sie zog ihre Winterjacke über das Nachthemd und schlüpfte barfuß in ihre Stiefel. Da kam Max, sich streckend und gähnend, auf sie zu und sah sie verwundert an, er war es nicht gewohnt, dass Frauchen um diese Zeit hier herumgeisterte. Es missfiel ihm, dass sie ihn nicht beachtete, sondern einfach das Haus verließ und ihm die Tür vor der Nase zuzog. Entschlossenen Schrittes lief sie die Straße hinunter, die Dunkelheit schien sie zu verschlingen, es war vier Uhr morgens.

Erich wälzte sich unruhig in seinem Bett hin und her, ein wildes Durcheinander träumte sich durch seinen Kopf und fand schließlich das Finale, als er sich alleine im Wald fand. Er schaute sich um, da, ein Weg, fast magisch zog ihn dieser an…

Hinauf, ich muss da hinaufgehen, durch den Wald, da oben, ja, da ist irgendwas... hier war ich doch schon.

Mit einer Bewegung seines Kopfes versuchte er im Schlaf, seine Verwirrung abzuschütteln.

Ich kenne diese Stelle, hier war ich schon. Oben, ganz oben... mit Fiona... und Paul.

Immer weiter stieg er im Traum den Weg nach oben, wie von einem Seil gezogen.

Da, was war das? Ein Lachen, ein Kinderlachen, Paul!

Er beschleunigte seinen Schritt.

Da! Ein Schrei! Paul! Was ist passiert?

Ich komme! Ich komme!

Endlich wurde er wach und aus seinem Albtraum gerissen, weil Max ihm das

Gesicht ableckte. Wie das? Der Hund wusste, dass er nicht nach oben durfte und hatte sich stets daran gehalten. Erich überlegte kurz, mit ihm zu schimpfen, andererseits war er froh, von dem schlimmen Traum erlöst zu sein. Er fühlte sich von Panik ergriffen und sein Oberkörper schoss in die Höhe, schweißgebadet, sein Pyjama klebte ihm am Leib und seine Augen waren aufgerissen vor Entsetzen, sein Kopf beherrscht von einem einzigen Gedanken:

Ich muss da hin! Muss Paul helfen! Schnell! Ich muss da hin! Ich komme, mein Kind!

Mit einer Beweglichkeit und Schnelligkeit, die man ihm nicht mehr zugetraut hätte, sprang er mit einem Satz aus dem Bett.

„Komm, Max!"

Der Hund rannte die Treppe hinunter und wartete schon an der Haustüre auf ihn.

Fiona ging mit festem Schritt durch das Dorf, hätte jemand sie gesehen, hätte er sich über den seltsamen Anblick gewundert, doch niemand sah sie. So, wie die letzten Jahre sie niemand mehr gesehen hatte, dachte sie verbittert. Der eisige Wind peitschte ihr unerbittlich ins Gesicht, doch schmerzte er nicht so sehr, wie die letzten beiden Jahre sie geschmerzt hatten und so ertrug sie es mit unbewegter Miene. Ihr gebleichtes Haar, das sie sonst immer so ordentlich einlegte, klebte nass und strähnig an ihrem Kopf, ihr Mund ein schmaler Strich. Sie erreichte den Wald, endlich, bald hatte sie es geschafft! Hier gab es keine Laternen mehr, alles war stockdunkel und man konnte die Hand vor den Augen nicht mehr sehen. Weiter, einfach immer weiter. Im Schlaf würde sie den Weg finden, so oft war sie ihn mittlerweile gegangen, einfach weiter bergauf.

Sie stolperte über einen Stein und fiel, konnte sich noch mit den Händen abfangen. Sie spürte die feuchte, von Nadeln bedeckte Erde. Ihr Knöchel tat weh, egal! Sie rappelte sich wieder auf und wischte ihre schmutzigen Hände am Mantel ab. Weiter laufen! Sie ignorierte den Schmerz, humpelte nicht, obwohl der Knöchel anzuschwellen begann. Hier unter den Bäumen fühlte sie sich geschützt, hier war niemand, noch nicht einmal ein Tier war zu hören und selbst der Wind vermochte nicht mehr in solchem Maße durchzudringen. Nur der Duft, der Duft war durch die Feuchtigkeit noch intensiver, hüllte sie ein, trug sie.

Endlich hatte sie es geschafft, sie war oben angelangt. Zielsicher überquerte sie die Lichtung, bis zum Rand des Abgrunds. Mit ihren Händen umfasste sie das Eisengeländer, das von einer dünnen, weißen Eisschicht umhüllt war. Sie schaute hinunter, ließ ihren Blick über die kleinen Ortschaften schweifen, von denen nur die Lichter der Straßenlaternen und wenige, beleuchtete Fenster zu sehen waren. Hier pfiff ihr der Wind nun stärker um die Ohren, wehte ihr Haar zurück, trocknete es jedoch nicht, trieb ihr die Tränen in die Augen. Sie legte den Kopf nach hinten in den Nacken, sah nach oben in den Himmel, der jedoch schwarz war wie Teer. Suchend ließ sie ihre Augen wandern, kein Stern, nicht ein einziger, tröstender Stern, kein winziges Licht der Hoffnung.

„Paul", begann sie leise zu wimmern, sie klang wie ein verwundetes Tier, „Paul, bist du da? Bitte, Paul, bitte gib mir ein Zeichen, irgendeines, ich brauche dich!"

Sie wartete, doch nichts geschah. Oder konnte sie das Zeichen nur nicht sehen, weil sie zu blind war, blind von Tränen?

Plötzlich schien sie zu explodieren, all die angestaute Wut, all der angestaute Schmerz wollten endlich raus und mit Gewalt verschafften sie sich nun Platz. Fiona öffnete ihren Mund und plötzlich schrie sie, schrie und wollte nicht mehr aufhören und ihr Schrei hallte ungehört durch die Nacht in die Ferne.

Irgendwann war es vorbei, sie schloss ihren Mund wieder, doch dann begannen ihre Augen sich wie ein Wasserfall zu entleeren, es waren keine einzelnen Tränen, die heraus kullerten, es war, als drehte man einen Wasserhahn auf und sie brannten wie Feuer auf ihren eiskalten Wangen. Ihr herzerweichendes Schluchzen kam ebenfalls von ganz alleine und sie hatte das Gefühl, dass sie, jetzt, da sie damit angefangen hatte, niemals mehr aufhören könne.

„Paul, ich weiß, dass du da bist! Und wenn du nicht zu mir kommst, dann komme ich jetzt zu dir!"

Langsam hob sie ihr rechtes Bein über das Geländer, langsam, ihre Glieder waren steif nun von der Kälte, so lange sie in Bewegung geblieben war, hatte sie sich nicht so bemerkbar gemacht. Sie stellte ihren Fuß auf dem schmalen Absatz ab. Sie klammerte sich mit den Fingern am Geländer fest, während sie das andere Bein mühselig folgen ließ. Sie hatte es geschafft, sie stand nun am Abgrund, frei, ohne das schützende Geländer zwischen sich und der Freiheit, nur noch mit ihren klammen Fingern damit verbunden.

„Nur ein Schritt... nur ein Schritt zu dir, mein Junge, hörst du? Ich komme jetzt!"

Sie schaute nach oben und flüsterte: „Ich komme, Paul, nur ein Schritt... ein Schritt zum Himmel."

Da hörte sie etwas, ein Tier, ein Reh vielleicht. Sie fuhr erschrocken zusammen und rutschte mit dem rechten Fuß ab, hielt sich jedoch reflexartig am Geländer fest, umklammerte das Eisen mit ihren Fingern wie in einem Schraubstock. Sie atmete tief durch, um sich wieder zu beruhigen, wartete kurz, bis sich ihr Herzschlag wieder verlangsamte.

So, jetzt!

„Fiona!"

Paul? Bist du das? Du rufst nach mir?

Mein Zeichen!

Mit einem Lächeln auf den Lippen löste sie eine Hand vom Geländer.

„Fiona! Nein!"

Das war direkt hinter ihr, ganz nah und erneut durchfuhr sie der Schreck, wieder kam sie ins Rutschen, als sie plötzlich gepackt wurde, ein eiserner Griff umfing sie in der Taille.

„Fiona! Fiona, was tust du da?!"

„Erich?"

Ihr Gesicht schien ein einziges Fragezeichen zu sein.

„Bist du verrückt geworden? Los, komm her, ich helfe dir!"

Erich? Wie kommt er hierher?

Er redet... mit mir... das muss ein Traum sein!

Nein, er ist es.

„Lass mich los! Lass mich sofort los, hörst du?!"

„Den Teufel werde ich tun! Du steigst jetzt hier drüber, sofort!"

Sie war so erstaunt und verwirrt, dass sie seinen Worten mechanisch Folge leistete, sie hatte sowieso keine Wahl, er ließ sie nicht los, zog an ihr mit aller Kraft, so dass sie schließlich beide auf den Boden plumpsten, Erich fing ihren Fall ab. Sein Atem ging schnell von all der Anstrengung und er ächzte unter ihrem Gewicht. Steif rappelte Fiona sich auf die Knie auf und starrte ihn völlig fassungslos an.

„Wie kommst du hierher?"

„Max hat mich hergeführt."

„Was tust du bloß hier?"

„Was ich hier tue? Was ich hier tue?"

Empört richtete er sich auf.

„Die richtige Frage wäre, was tust d u hier, verdammt nochmal!"

Plötzlich durchfuhr sie ein Schütteln, sie weinte, schluchzte, so dass ihr ganzer kleiner, zierlicher Körper zu vibrieren schien.

Erichs Wut verflog so schnell, wie sie gekommen war, schnell legte er schützend seine Arme um sie und drückte sie an sich. Er legte sanft seinen Kopf auf ihre Schulter und seine Stimme war nunmehr noch ein Flüstern.

„Das kannst du doch nicht machen! Fiona, lass mich nicht allein, bleib bei mir, lass mich nicht allein, das kannst du mir nicht antun!"

„Aber Paul ist tot…"

Er streichelte ihr Haar und wimmerte: „Ich weiß… ich weiß. Du bist doch alles, was ich noch habe!"

Da riss die Wolkendecke ein Stückchen auf und machte dem Mond Platz, der die Lichtung in sanftes Licht tauchte.

Fiona entzog ihm ihre Schulter und sah ihm ins Gesicht. Da, weinte er etwa? Sie zog seinen Kopf an ihre Brust und wiegte ihn wie ein Baby, jeglichem Zeitgefühl beraubt.

„Ist ja gut, schhhh… ist ja gut, ich bin ja da, ich bin ja da."

Max kam scheinbar aus dem Nichts angelaufen und leckte ihr das Gesicht ab. Er legte sich neben sie und Erich, seinen Kopf auf ihren Oberschenkel, die Wärme seines Rudels suchend.

Manchmal können ein paar Minuten eine Ewigkeit sein, alles verändern, machtvoll und unablässig, genauso, wie die Entscheidungen, die wir treffen.

„Ich friere."

Fiona begann zu zittern, nun, da der Schock nachließ.

Erich hob seinen Kopf und schaute sie an.

„Lass uns nach Hause gehen, mein Kätzchen."

So hat er mich schon ewig nicht mehr genannt.

Er stand auf, mit steifen Gliedern, und streckte ihr die Hand entgegen.

Einen Moment lang starrte sie seine Hand an, als überlegte sie, ob sie sie ergreifen sollte oder nicht. Doch dann streckte sie ihren Arm aus, reichte ihm ihre Hand und ließ sich von ihm aufhelfen.

„Komm, Mäxchen!"

Der Hund war schon aufgesprungen und tänzelte ihnen aufgeregt und schwanzwedelnd um die Beine und Fiona tätschelte ihm zärtlich den Kopf.

Das hast du gut gemacht, mein Junge, ich danke dir!

Fiona wollte ihre Hand zurückziehen, um sie in die Manteltasche zu stecken, doch Erich umfasste ihre Finger mit eisernem Griff und so machten sie sich Hand in Hand auf den Rückweg, während die Dämmerung langsam anbrach.

Ein neuer Tag. Ein neues Leben, ohne Paul, doch miteinander; und doch mit Paul - in ihren Herzen.

25

Wie versprochen war Bastian pünktlich unterwegs zu Linda, um sie zu ihrem Termin zu begleiten. Er tat es, weil er ein Mann war, der Wort hielt und doch tat er es widerstrebend. Mit ihrem Verhalten auf dem Weihnachtsmarkt hatte sie dem Fass endgültig den Boden ausgeschlagen. Dabei war sie sowieso schon kompliziert genug! Er konnte nicht konkurrieren mit einem Mann, der nicht mehr lebte, sie hatte ein Kind, sie war krank und benahm sich wie eine verzogene Göre! Nichts desto trotz, sein Versprechen würde er noch einlösen und dann sollte sie doch bleiben, wo der Pfeffer wächst!

Im Radio lief „Highway to hell" und er drehte voll auf, wütend klopfte er im Rhythmus mit den Fingern ans Lenkrad, er hatte so die Schnauze voll!

Mit quietschenden Reifen hielt er vor dem Haus, sie stand schon wartend auf dem Gehweg, Tim hatte sie zu Erik gebracht.

Bastian wartete, bis sie eingestiegen war und fuhr los, das Radio wieder leiser gedreht. Sie hatte nicht registriert, dass er sie nicht begrüßt hatte, bemerkte nicht seine verhärteten Gesichtszüge. Schweigend und blass saß sie neben ihm, zusammengesunken im Sitz wie ein geprügelter Hund, starrte sie bewegungslos durch die Frontscheibe hinaus, ohne etwas zu sehen. Doch das wiederum bemerkte er nicht, wollte es nicht, zu sehr war er eingenommen von seiner Wut auf sie.

Er parkte vor dem Ärztehaus und stieg aus, er wartete, doch sie öffnete nicht die Tür, um auszusteigen.

Jetzt erwartet sie auch noch, dass ich ihr die Tür öffne?! Da hat sie sich aber geschnitten!

Fest klopfte er mit der flachen Hand aufs Dach, das blecherne Geräusch ließ sie aufschrecken.

„Jetzt steig endlich aus!"

Sein Ton war alles andere als freundlich, doch sie gehorchte. Langsam, für seinen Geschmack zu langsam, denn er wollte es hinter sich bringen, liefen sie Richtung Eingang.

Schließlich blieb sie ganz stehen, Bastian fuhr zu ihr herum, um sie zur Eile zu drängen, schließlich hatte sie einen Termin. Kurz sah er sie an, sah die nackte Angst in ihrem Gesicht, dann sah er schnell wieder weg und biss sich auf die Unterlippe. Aus Holz war er halt auch nicht und so umfasste er sanft ihren Arm und zog sie mit sich. Sein Ton war etwas gemäßigter, als er sie antrieb.

„Nun komm schon, die reißen dir ja nicht den Kopf ab und schließlich willst du wissen, was los ist."

Es blieb ihr nichts anderes übrig, als ihm zu folgen. Sie fuhren mit dem Fahrstuhl in die zweite Etage, betraten die Praxis und gingen zur Anmeldung, noch immer zog er sie mit sich und er konnte sich nicht des Gefühls erwehren, dass sie alleine nicht so weit gekommen wäre.

Zum Glück ist niemand vor uns, sonst würde sie womöglich jetzt noch abhauen.

Er ahnte nicht, wie nah er mit seinen Gedanken der Wahrheit war…

Die Arzthelferin sah sie beide erwartungsvoll an und wartete darauf, dass sie ihr Anliegen vorbrächten, doch Linda stand zur Salzsäule erstarrt, Bastian rollte entnervt mit den Augen und ergriff schließlich das Wort.

„Linda Jünke, sie hat einen Termin."

Die Frau hinterm Tresen warf einen Blick auf ihren Monitor.

„Ah ja, Frau Jünke, gehen Sie doch bitte gleich durch, Zimmer zwei, Herr Jünke, nehmen Sie bitte im Wartezimmer Platz."

Nun erwachte Linda zum Leben, erschrocken sah sie zu ihm, mit fragendem Blick, doch er zuckte nur die Achseln und schlug die Richtung zum Wartezimmer ein.

„Hier lang bitte, Zimmer zwei."

Die Sprechstundenhilfe wies ihr mit einer kurzen Handbewegung die Richtung, in die sie zu gehen hatte in der Annahme, sie wüsste es nicht.

Sie ergab sich in ihr Schicksal und begab sich mit schweren Schritten in Zimmer zwei, in die Höhle des Löwen.

Bastian saß im Wartezimmer, dessen Einrichtung wohl schon bessere Zeiten gesehen hatte und blätterte in einer Auto Zeitschrift.

Okay, klar hat sie Angst vor dem Ergebnis, aber wird schon schief gehen!

Und wenn nicht... tja, ich wäre ihr ja beigestanden, unter anderen Umständen, als Partner. Aber eine, die nur um sich schlägt... nein, davon hab ich genug, das brauche ich nicht. Hat sie sich nun selbst zuzuschreiben, wenn sie nachher alleine da steht, außerdem... Erik ist ja auch noch da.

War er wirklich so böse auf sie oder war es vielleicht auch ein wenig der Schutzmechanismus, der sich eingeschalten hatte? Er dachte wieder an den Weihnachtsmarkt, wie er endlich nach langem Warten mit drei Bratwürsten in den Händen die SMS gelesen hatte. Es war verletzend gewesen, demütigend, sie hatte seinen Stolz verletzt und nun hatte sie die Konsequenzen zu tragen, basta!

Er warf die Zeitschrift zurück auf den Tisch, stand auf, stellte sich vors Fenster, verschränkte die Arme vor der Brust und schaute hinaus. Die graue, kahle Aussicht trug nicht dazu bei, seine Stimmung zu heben. Bäume, die am Straßenrand gepflanzt waren, standen trostlos ohne Blattwerk, wirkten leblos und schienen ihr Geäst wie Arme hilfesuchend von sich zu strecken, der Himmel, grau, ließ keinen Platz für auch nur einen einzigen Sonnenstrahl. Menschen, die auf dem Gehweg liefen, hatten die Hände in den Manteltaschen versteckt und die Köpfe zwischen die Schultern gezogen. Selbst ein

Hund, der lustlos neben seinem Herrchen her trottete, ließ den Kopf hängen, ohne irgendwo Halt zu machen, um zu schnüffeln. Immer wieder warf er einen Blick auf seine Armbanduhr, die Zeit schien still zu stehen, Minuten kamen ihm wie Stunden vor, da er nichts zu tun hatte. Zwischendurch hörte er immer wieder mal das Telefon an der Anmeldung kurz klingeln und dann die leise Stimme der Sprechstundenhilfe, die einzigen Unterbrechungen seiner Wartezeit. Leider sprach sie leise genug, so dass er die Worte selbst nicht verstehen konnte.

Ein älterer Herr gesellte sich zu ihm ins Wartezimmer, grüßte ihn, war einer weiteren Unterhaltung aber offensichtlich nicht geneigt, da er sich sofort mit seinem Handy beschäftigte.

Da, was war da los? Er hörte jemanden den Flur lang rennen und plötzlich stand Linda vor ihm, wie aus dem Nichts und schrie.

„Es ist gut! Bastian, alles ist gut!"

Ihre Stimme überschlug sich fast vor lauter Aufregung und bewog selbst den älteren Mann dazu, von seinem Handy aufzusehen.

„Bastian, es ist ein heißer Knoten, er ist nicht bösartig!"

Sie fiel ihm einfach um den Hals. Er fühlte eine enorme Erleichterung in sich aufsteigen, als würden zehn Kilo einfach von ihm abfallen, dennoch erwiderte er die Umarmung nicht, sondern sagte nur steif: „Das freut mich für dich! Komm, lass uns gehen."

Auf dem Weg nach draußen hüpfte Linda aufgeregt wie ein kleines Kind neben ihm her, es war ganz anders als auf dem Weg hinein. Doch obwohl er sich ehrlich für sie freute, konnte er seinen Gram gegen sie nicht ablegen. Er würde sie jetzt noch nach Hause bringen und das war's dann.

Sie kamen am Auto an und Linda blieb abrupt stehen.

„Sag mal, freust du dich denn nicht mit mir?"

Er wandte sich ihr zu, ihr Gesicht wirkte nun irgendwie kindlich enttäuscht, fragend, hoffend.

Ach, was interpretiere ich da rein! Bastian, lass dich bloß nicht wieder um den Finger wickeln, reicht, dass Ute das immer mit mir gemacht hat und ich war dann immer der Depp, das darf ich nicht vergessen!

Er räusperte sich, die Antwort kam beherrscht.

„Hör zu, natürlich freu ich mich für dich, dann ist ja jetzt alles gut! Ich bring dich jetzt heim."

Er wollte sich bereits abwenden, doch sie griff nach seinem Arm und hielt ihn fest.

„Bastian?"

Ihre Augen kamen ihm nun riesig vor und er fragte unwirsch: „Was denn?"

Er machte Anstalten, ihre Hand abzuschütteln und sie ließ ihn los.

„Bastian, was ist? Warum bist du so… so…?"

So, jetzt reicht es, sie will es nicht anders!

„D u fragst mich, warum ich so bin? Was glaubst du wohl? Dass du einfach machen kannst, was du willst? Dass du ungestraft auf den Gefühlen anderer herumtrampeln und dann erwarten kannst, dass man tut, als wäre nichts gewesen? Was glaubst du, wer du bist?! Ich bring dich jetzt nach Hause und gut ist!"

Er stieg ein und knallte wütend die Tür zu. Linda stand wie angewurzelt da. Er hatte Recht, sie hatte sich mehrfach unmöglich gegen ihn benommen und das, obwohl er die ganze Zeit für sie da gewesen war. Langsam stieg sie ein, sie wollte mit ihm reden, doch sein Gesicht war zu Eis erstarrt und sie wusste, dass ein Gespräch jetzt nicht viel bringen würde.

Er brachte sie wie versprochen nach Hause, schaltete nicht den Motor ab, stieg nicht aus.

„Möchtest du nicht noch mit herein kommen?", fragte sie zögerlich, doch er schüttelte lediglich den Kopf und fuhr davon.

Linda hatte weder geklingelt, noch geklopft, da riss Erik schon seine Tür auf.

„Und?"

Was wollte er? Sie musste erst einmal Bastians Verhalten verdauen. Sie beschloss, das ungute Gefühl abzuschütteln, schließlich war heute eigentlich ihr Glückstag! Sie lächelte ihn an, warf sich in seine Arme und drückte sich fest an ihn.

„Erik, der Knoten ist gutartig!"

Er sackte ein Stück in sich zusammen, hob sie hoch, als wär sie leicht wie eine Feder.

„Gott sei Dank!"

So viel Erleichterung schwang diesen drei Worten mit.

„Gott sei Dank!"

„Mami?" Tim war in den Flur gekommen und grinste.

„Wieso freut ihr euch denn so?"

Linda schnappte ihn, hob ihn hoch und drehte sich, so dass seine Beine nach außen flogen und Erik aufpassen musste, nicht getroffen zu werden.

„Es ist nichts, Tim, einfach nur, weil alles gut ist!", japste sie lachend.

„So", Erik rieb sich die Hände, „das muss gefeiert werden! Wo ist Bastian?"

Linda stellte ihren Sohn wieder auf dem Boden ab und ihr Blick wurde ernst, als sie sagte: „Er ist gegangen."

Erik seufzte, legte ihr einen Arm um die Schulter.

„Komm, lass uns Pizza essen gehen."

Tim jubelte und Linda war dankbar, dass Erik nicht weiter fragte, sie schämte sich, sie war schuld, dass Bastian nicht mehr da war.

Sie verbrachten einen schönen Resttag miteinander, an dem es Linda gelang, ihr Schuldgefühl in den Hintergrund zu rücken und ihre Freude über die Diagnose in den Vordergrund zu schieben. Erik verabschiedete sich erst gegen Abend als es Zeit wurde, Tim bettfertig zu machen.

Als Tim endlich schlief und Ruhe einkehrte, begannen ihre Gedanken, wieder um Bastian zu kreisen.

Er hat ja Recht, ich habe mich wirklich daneben benommen.

Na gut, mehr als einmal.

Am schlimmsten war, dass ich vom Weihnachtsmarkt einfach abgehauen bin.

Sie ließ die letzten Wochen Revue passieren. Sie erinnerte sich, wie geduldig er beim Schlittschuhlaufen mit ihr umgegangen war. Sie erinnerte sich an den Kuss, der alles andere als unangenehm gewesen war, im Gegenteil... Sie bekam eine Gänsehaut, fast spürte sie seine Lippen wieder auf den ihren. Sie warf einen schuldbewussten Blick auf Pauls Foto, dann sagte sie trotzig: „Brauchst mich gar nicht so anzuschauen, du bist schließlich nicht mehr da."

Traurig streichelten ihre Finger über das Bild an der Wand, dann wandte sie sich wütend ab, ließ sich auf die Couch fallen, nahm das Kissen in die Arme und starrte an die Zimmerdecke.

Sie hatte den Kuss schließlich erwidert und ihn dann wiederum behandelt, als wäre nichts gewesen. Sie sah sein Gesicht, als er unter ihr lag auf der kalten Eisfläche und sie voller Zärtlichkeit angesehen hatte und fühlte plötzlich eine sanfte Wärme in sich aufsteigen.

Er muss sich doch vorgekommen sein wie ein Idiot.

Und dann die Sache auf dem Weihnachtsmarkt.

Sie stellte sich vor, wie er mit vollen Händen da stand, ihre SMS las.

Was hatte er dann wohl getan? Das Essen in den Mülleimer geworfen?

Wahrscheinlich…

Voller Scham drückte sie sich das Kissen aufs Gesicht.

Ich muss mich unbedingt bei ihm entschuldigen... falls er überhaupt noch mit mir redet.

Wenn er nicht mehr mit mir redet, wenn er mich abweist...

Sie spürte, wie ihr Bauch sich verkrampfte bei der Vorstellung des Verlusts.

Wenn ich ihn verliere, verloren habe, einen so guten... Freund.

Und endlich wurde ihr etwas klar. Ihr Herz schlug schneller und Schmetterlinge schienen in ihrem Bauch herum zu flattern.

Oh mein Gott, es ist nicht nur ein Freund, den ich verliere, ich habe... mich in ihn verliebt.

Ja, ich liebe ihn, aber ich blöde Gans habe die ganze Zeit nur an mich gedacht, meine Trauer, meine Krankheit, meine Angst, meine Probleme und habe mit meiner Rücksichtslosigkeit alles aufs Spiel gesetzt, meine Zukunft!

Langsam zog sie sich das Kissen vom Gesicht und ihr Ausdruck war verändert, als hätte sie aus dem Kelch der Erkenntnis getrunken.

Sie stand auf, lief unruhig im Zimmer auf und ab.

Was soll ich jetzt tun? Ihn anrufen? Hinfahren? SMS schreiben?

Nein, eigentlich kommt nur eines infrage, ich muss einfach zu ihm fahren, so kann er mir nicht ausweichen.

Aber ganz plötzlich fiel ihr noch etwas ganz anderes ein, was sie genauso dringend erledigen musste.

Oh Gott, ich bin echt ein... ein... so dermaßen blöd!! Wie bescheuert hab ich mich eigentlich in letzter Zeit aufgeführt, das ist doch nicht zu fassen! Ich blöde, blöde Kuh! Ich hab auf allen herumgetrampelt und das schlimmste ist: auf den Menschen, die für mich da waren, die mir zur Seite standen... die ich liebe!

Sie riss das Telefon an sich und tippte hektisch darauf herum, dann hielt sie es sich ans Ohr und lauschte dem Freizeichen.

„Ja, hallo."

Freundlich klang Fionas Stimme am anderen Ende.

„Fiona!", Lindas Stimme überschlug sich fast, „Fiona, es tut mir so leid! Hörst du, so Leid! Natürlich kommen wir Heiligabend! Weißt du... ach, Fiona, es war etwas passiert, aber du musst dir keine Sorgen machen, versprochen! Und wir kommen an Weihnachten! Und..."

„Linda, was ist denn los, mein Kind?", fragte Fiona besorgt und Linda zwang sich nun zur Ruhe.

„Ich hatte Angst vor einer Untersuchung, aber es ist alles gut und..." sie kämpfte mit den Tränen, doch endlich vertraute sie sich ihrer Schwiegermutter an, erzählte ihr die ganze Geschichte, von ihrer Angst, die sie durchgestanden hatte, warum sie für Heiligabend abgesagt hatte, alles purzelte nun nur so aus ihr heraus.

„Ach, Fiona, ich war einfach nur dumm, bitte, verzeih mir! Wir werden pünktlich sein, ja? Ich freu mich auf euch und... und ich hab dich lieb!" Lindas Stimme versagte.

„Ich dich auch, mein Kind. Ich bin so froh, dass ihr kommt, danke!"

Ganz sanft und liebevoll drang Fionas Stimme zu ihr durch und sie sagte schnell: „Bis dann". Sie legte auf, denn das folgende Schluchzen konnte sie nun nicht mehr zurückhalten. All die Anspannung, die mit einem Schlag von ihr abfiel, die Schuldgefühle, die hochgekommen waren und die Liebe, die ihr entgegen gebracht wurde und von der sie glaubte, dass sie sie nicht verdiente, machten sie stark und zugleich schwach.

In dieser Nacht tat sie kein Auge zu, wälzte sich nur unruhig hin und her, versuchte, sich für Bastian die richtigen Worte zurechtzulegen, fand sie nicht, versuchte, sich seine unterschiedlichsten Reaktionen vorzustellen, wusste nicht, welche es sein würde.

Um sechs Uhr gab sie es auf und stand auf, nahm eine Tablette gegen die

Kopfschmerzen und ging leise ins Badezimmer. Sie sah in den Spiegel.

Ich sehe schrecklich aus!

Da verlor sie endgültig den Mut, Bastian unter die Augen zu treten. Ihre Augen waren geschwollen und von dunklen Rändern geziert, sie war blass.

Die Zeiten, da ich ungestraft die Nacht durch machen kann, sind endgültig vorbei, irgendwie fühle ich mich gerade richtig alt.

Sie drehte den Hahn auf und warf sich mit den Händen kaltes Wasser ins Gesicht.

In der Küche schaltete sie die Kaffeemaschine ein.

Also, anrufen oder SMS?

Hm, SMS löscht er vielleicht gleich ungelesen. Anrufen… wahrscheinlich geht er erst gar nicht ran, wenn er meine Nummer sieht. Wenn ich meine Rufnummer unterdrücke? Aber was mach ich, wenn er einfach auflegt, wenn ich mich melde?

Ihre Gedanken drehten sich wie ein Beyblade und genauso lief sie im Kreis, immer wieder um den Küchentisch herum. Schließlich schlug sie unbeholfen mit den Handflächen auf die Tischplatte.

Hilft alles nix, ich brauche meine beste Freundin! Erik muss her!

Schnell schrieb sie eine SMS:

Komm hoch, Kaffee ist fertig ;-) Und... ich brauche deinen Rat <3

Bald darauf hörte sie seine Schritte im Treppenhaus und freute sich, dass er so schnell kam. Sie wusste, dass er an freien Tagen gerne länger schlief, aber auch, dass er sein Handy immer auf seinem Nachttisch liegen hatte…

Sie huschte in den Flur und öffnete ihm die Tür, bevor er klingeln konnte, aus Angst, Tim würde aufwachen. So hatten sie noch Zeit, in Ruhe miteinander zu reden.

„Wo brennt's?"

„Guten Morgen!" Dankbar drückte sie ihm einen Kuss auf die Wange. „Komm mit in die Küche, ich muss dir jetzt alles erzählen und dann musst du mir ehrlich deine Meinung sagen, ja? Du bist der einzige, mit dem ich darüber reden kann. Und...," sie versuchte sich an einem unschuldigen Augenaufschlag, „bei dir muss ich mich auch entschuldigen, verzeih, dass ich so anstrengend war. Ich versuche, mich zu bessern, versprochen!"

Mit einem ehrlichen Lächeln legte er ihr seinen Arm um die Schulter.

„Wie viele Jahre sind wir schon befreundet? Was für eine Freundschaft wäre das, in der man nur in guten Zeiten füreinander da ist und in den schlechten nicht?"

Sie belohnte ihn mit einem Strahlen.

„Dafür kriegst du jetzt Kaffee und Kekse hab ich auch da!"

Erik setzte sich.

„Okay, dann schieß mal los, mein Hase."

Linda erzählte Erik alles. Schonungslos, ohne Rücksicht auf ihre eigene Unzulänglichkeit und blickte dabei in ihre Kaffeetasse, als könnte sie aus dem Satz lesen und da ihre Antworten finden. Ihre Gesichtsfarbe wechselte zwischen blass und rot, ihre Gefühle von Herzklopfen zu tiefer Scham.

Erik lauschte ihr geduldig, ohne sie zu unterbrechen. Als sie ihre Beichte beendet hatte, schwieg er eine Weile nachdenklich, erst als sie aufsah und ihn erwartungsvoll anblickte, holte er tief Luft und hob an.

„Ich habe schon länger gemerkt, dass Bastian auf dich steht und eigentlich sagt mir dein Benehmen ihm gegenüber, dass er dir alles nur nicht egal ist. Dass dein Verhalten ihm gegenüber aber völlig daneben ist, darüber brauchen wir wohl nicht zu streiten. Auch nicht darüber, dass du zu jung bist, um alleine zu bleiben und dass Tim einen Vater braucht, je älter er wird, desto dringender. Spätestens wenn er in die Pubertät kommt, braucht er einen männlichen Ansprechpartner. Du weißt, ich bin immer und jederzeit für euch beide da, aber leider kann ich dir nicht deinen Mann und Tim nicht den Vater ersetzen. Manchmal wünschte ich, ich könnte es, aber", er lächelte ihr verschmitzt zu, „na ja, die beste Freundin ist auch was wert!"

Linda kicherte.

„Du bist unbezahlbar, mein Lieber! Ich weiß nicht, was ich ohne dich täte, du bist mehr, als andere haben, du Schatz!"

Sie drückte ihm einen Kuss auf die Wange. Erik schaute zu dem Foto an der Wand.

„Schau, Paul ist jetzt zwei Jahre tot, niemand kann ihn zurückholen. Du wirst das gleiche nie wieder finden, aber du hast die Möglichkeit, etwas anderes zu finden. Du hast ein kleines Kind, ewige Trauer kannst du dir nicht leisten und ich wünsche mir nichts mehr, als dass du endlich wieder glücklich bist, wieder in die Zukunft siehst."

Linda folgte traurig seinem Blick.

„Er kann nicht zurückkommen", Eriks Stimme wurde leiser, „und niemand wird sein wie er. Aber anders ist nicht unbedingt schlechter. Niemand erwartet, dass du ihn vergisst, das werde ich auch niemals, aber in deinem Herzen ist doch noch genug Platz, du musst es nur öffnen. Und du kannst mir nicht erzählen", er räusperte sich, „dass dir Zärtlichkeit und Sex nicht fehlen."

Linda errötete.

„Nun sag mir, wie gerne magst du ihn, kannst du dir vorstellen ihn zu küssen, mit ihm Sex zu haben? Sei ehrlich, er ist anders als Paul, aber er sieht toll aus, er würde mir selbst gefallen mit seinen grünen Augen und den starken Oberarmen!" Er grinste dreckig. „Leider ist er absolut hetero, also schnapp ihn dir, bevor es eine andere tut!"

Lindas Herzschlag hatte sich bei dem Gedanken an Sex mit Bastian erheblich beschleunigt.

„Und was soll ich jetzt machen?", fragte sie und ließ jämmerlich die Schultern hängen.

„Ganz einfach! Ich bleib hier und mach Tim Frühstück, wenn er aufwacht und du setzt dich jetzt sofort in deine alte Klapperkiste und fährst zu Bastian und redest mit ihm! Und…", er machte eine bedeutungsvolle Pause, „dann schaust du mal, was passiert."

Linda ärgerte sich darüber, dass ihr Rotton nun wohl nicht mehr zu übertreffen war, ließ sich aber von Erik aus dem Sessel ziehen und in den Flur schieben.

„Schuhe anziehen, zack zack!"

Ehe sie es sich versah, saß Linda tatsächlich im Auto und fuhr los. Sie zitterte stark, das war bestimmt von der Kälte! Ihre Gedanken überschlugen sich und plötzlich stand sie schon vor Bastians Wohnhaus. Sie schaltete den Motor ab.

Ich weiß doch immer noch nicht, was ich überhaupt sagen soll!

Vielleicht ist er ja gar nicht da... Scheiße, da drüben steht sein Auto!

Mist, ich fahr einfach wieder nach Hause.

Nein! Aufgeschoben ist nicht aufgehoben und je länger ich warte, umso schwieriger wird es. Wenn ich nichts mache, verliere ich ihn!

Ihr Magen verkrampfte sich, doch entschlossen schob sie ihr Kinn vor und stieg aus, zwang sich, zum Eingang zu gehen und ohne nochmal nachzudenken, drückte sie den Klingelknopf. Dann verließ sie schlagartig wieder der Mut und sie ließ die Schultern hängen. Sie wartete einen

Moment, schließlich wollte sie zurück zu ihrem Wagen. Zwei Schritte hatte sie sich bereits entfernt, als der Summer des Türöffners ertönte. Sie schlug sich ergeben mit den Handflächen an ihre Oberschenkel, drehte sich langsam um und ging zurück, drückte die Tür auf und betrat das Treppenhaus. Sie stieg hoch ins erste Obergeschoß, wo Bastian in der offenen Tür stand und ihr fragend und verwundert zugleich entgegensah. Es war noch früh, er war wohl erst aufgestanden. Ausschließlich in eine ausgewaschene Jeans gekleidet stand er barfuß vor ihr und sie blieb erschrocken stehen. Wie hypnotisiert betrachtete sie seinen durchtrainierten, leicht gebräunten Oberkörper, sein Haar war noch nicht gekämmt, was ihm eine Spur von Wildheit verlieh. Linda schluckte hart, der Kloß in ihrem Hals ließ nicht zu, dass sie ihm einfach einen guten Morgen wünschte.

Langsam wanderte ihr Blick zu seinen Augen, die sie unverhohlen und nicht ohne einen Anflug von Kälte musterten.

„Was willst du?"

Sag was, los, sag irgendetwas!

Sie zwang sich, ihren Mund zu öffnen, ihre Lippen bebten und sie ahnte nicht, wie verführerisch sie auf Bastian wirkten, am liebsten hätte er sie einfach... hier und jetzt... Doch nein, es war, wie es war und er würde sich nicht länger von ihr zum Trottel machen lassen!

„Ich... es... es tut mir leid!"

Er zog seine Augenbrauen nach oben, um zu signalisieren, dass ihm das nicht reichte.

„Was tut dir leid?"

Linda schluckte nun den Kloß herunter.

„Wie ich mich benommen habe, das tut mir leid! Ich verspreche dir, dass ich mich nie mehr so blöd verhalten werde und… Bastian, ich will dich nicht verlieren… als Freund!"

Sein Mund zuckte.

„Okay, in Ordnung, Entschuldigung angenommen."

Er schickte sich an, wieder in seine Wohnung zurück zu gehen.

Verdammt! Er macht es mir wirklich nicht leicht!

Sie ballte die Hände und ihre Nägel hinterließen Druckspuren in ihren Handflächen.

„Warte!" Ihre Stimme klang nun fest und bestimmt.

Erstaunt wandte er ihr nochmals sein Gesicht zu, doch er schwieg und es war ihr klar, dass sie handeln musste, sonst verlor sie ihn für immer. Möglich war aber auch, dass sie sich gleich zum Affen machte, er sie abwies, sie sich in Grund und Boden schämen würde und damit würde sie dann leben müssen, aber es wäre schließlich auch nicht das erste Mal. Sie zwang sich, langsam einen Schritt auf ihn zuzugehen und ihre Worte waren kaum mehr als ein Flüstern.

„Bastian… ich… ich will mehr, du bist nicht nur ein Freund, du bist mehr für mich, ich liebe dich!" Verdammt, nun schoss ihr Matthias Reim durch den Kopf!

So, nun war es raus, sie hatte es getan! Alles oder nichts! Jetzt konnte sie nur noch abwarten, wie er reagieren würde, ihr Rücken war schweißfeucht und sie hielt den Atem an, als er mit einem großen Schritt bei ihr ankam. Er packte sie am Arm, zog sie mit sich in seine Wohnung, warf gerade noch die Tür hinter ihr ins Schloss, bevor er sie an sich drückte, sie spürte seinen Körper an ihrem, als er sich mit seinem an sie presste, hart und fordernd war sein Kuss und er roch noch nach Schlaf, nach Bett, nach Moschus... nach Mann.

„Darauf habe ich auch lange genug gewartet!", raunte er ihr ins Ohr.

Wie ganz von alleine wurden die Kleidungsstücke, die sie trug, immer weniger, während sie gleichzeitig dem Schlafzimmer wie im Rausch immer näher kamen. Endlich standen sie vor dem großen, zerwühlten Bett, auf dem sich jedoch nur noch ein Kissen und eine Decke befanden, nackt war sie und ihre Haut glühte, als sie ihm die Jeans öffnete, das einzige, was sie noch voneinander trennte. Ein Rascheln, als sie zu Boden fiel, dann war er in ihr. Sie stöhnte, erfüllt von Lust, die so lange ungestillt. Voll der Gier stürmten sie dem Höhepunkt entgegen.

Schwer atmend blieb er danach auf ihr liegen, aufgestützt auf seine Ellbogen, sein Gesicht verborgen in ihrem Haar und sie dachte, dass sie am liebsten für immer so liegen bleiben würde.

Irgendwann hob er ein ganz klein wenig sein Gesicht, so dass seine Lippen ganz zart ihr Ohr streiften als er flüsterte: „Ich dich auch!"

Glücklich lächelte sie, als er sie noch einmal nahm, ganz langsam nun und zärtlich, voller Liebe.

Er hätte gerne gehabt, dass sie blieb, doch es war schon gegen elf Uhr, als sie schließlich aufstand. Sie musste nach Hause, zu ihrem Sohn.

„Morgen ist Heiligabend, wir müssen den Baum noch schmücken…"

Sie suchte ihre Kleidung zusammen, die überall verstreut war.

„Wenn… wenn du Lust hast, dann komm doch später einfach vorbei."

Sie warf ihm einen schüchternen Blick zu. Schließlich war sie nicht alleine, sie war nur im Doppelpack zu haben… Würde er damit klarkommen?

„Ja", er fand ihren Schlüpfer, er spitzelte unter der Kommode hervor. Er bückte sich und reichte ihn ihr mit einem verschmitzten Lächeln. „Ich komme gerne."

Als sie wieder zu Hause war, fiel Erik gleich über sie her.

„Ich will erst nach Tim sehen!"

„Nicht nötig!"

Er zog sie in die Küche.

„Er hat gefrühstückt, geduscht, ist angezogen und spielt in seinem Zimmer und ich…", er drückte sie auf den Küchenstuhl, „will jetzt alles ganz genau und haarklein von dir hören!"

Ihr Gesicht, das in neuem Glanz erstrahlte, verriet ihm eigentlich schon alles, aber bereitwillig erzählte sie ihm das nötigste. Er seufzte.

„Und wie war es?"

„Richtig gut!"

Strahlend wuschelte er ihr durchs Haar.

„Bleib sitzen und ruh dich aus, ich mach uns Kaffee."

Er lächelte glücklich.

Vielleicht wendet sich ihr Blatt nun endlich wieder zum Guten, würde ja auch Zeit werden, schließlich hat niemand ein Abo auf die Arschkarte!

Linda lehnte sich erschöpft, aber mit glänzenden Augen und geröteten Wangen, vor allem aber völlig entspannt zurück.

Wann hab ich mich eigentlich das letzte Mal so wohl gefühlt?

26

Erik verabschiedete sich nach dem Mittagessen.

„So, Tim", Linda klatschte fröhlich in die Hände, „jetzt wird der Baum geschmückt!"

Tim jubelte, während Linda Weihnachtsmusik auflegte, um dem Unterfangen das würdige Ambiente zu verpassen. Während sie die zarten Glöckchen aufhängte, durfte Tim die Strohsterne und die hübschen Engelchen aus Acryl anbringen. Die ganze Zeit sangen sie die Weihnachtslieder mit und Linda lachte.

„Ich glaub, für morgen Abend müssen wir noch ein bisschen üben, sonst blamieren wir uns vor Oma und Opa!"

Tim kicherte und schmetterte nun lauthals. „Leise rieselt der Schnee... Mama", er schaute aus dem Fenster, „blöd, dass wir so gar keinen Schnee haben!"

Er zog einen Schmollmund und Linda kitzelte ihn.

„So, fertig!"

Sie knipste den Mehrfachstecker für die Lichterketten an, nahm Tim feierlich an der Hand und trat mit ihm zwei Schritte zurück, um den erleuchteten Baum nun in seiner vollen Pracht zu bewundern.

„Der Stern auf der Spitze fehlt noch!"

Tim zeigte mit dem Finger nach oben.

„Ja, aber da komm ich nicht ran."

„Heb mich hoch!"

„Warte, ich versuch´s mal mit einem Stuhl."

Zweifelnd betrachtete sie die sehr ausladenden Äste, da klingelte es an der Tür.

„Ich mach auf!"

„Frag aber erst, wer da ist!"

Zu spät…

„Hallo Bastian! Du kommst genau richtig! Du musst den Stern auf die Spitze setzen, wir kommen nicht ran!"

Tim zog Bastian an der Hand ins Wohnzimmer.

„Hallo Linda!"

Sein Lächeln war einfach umwerfend und entfachte sogleich wieder das Feuer in ihr.

„Hallo, Bastian", begrüßte sie ihn leise und schaute ihm tief in die Augen.

Tim ließ ihn los, griff in einen Karton und zog den silbrig glitzernden Stern heraus.

„Hier, das hat Papa immer gemacht… aber jetzt bist du ja da."

Mit leuchtenden Augen sah der Junge zu ihm auf und hielt ihm erwartungsvoll die Krönung des Weihnachtsbaumes entgegen. Bastian war sich dieser Ehre absolut bewusst, aber war es Linda auch recht? Fragend schaute er zu ihr hinüber und ihr Kopf neigte sich leicht zur Zustimmung. Er brachte den Stern an, die Baumspitze erreichte er problemlos und mit feierlichen Mienen betrachteten sie das Werk, bis Tim sie jäh aus der besinnlichen Stimmung riss.

„Ich muss mal aufs Klo!"

Als sie hörten, wie die Tür zum Badezimmer geschlossen wurde, nahm Bastian Linda zärtlich in die Arme und küsste sie zärtlich.

Sie sah dabei hinüber an die Wand, zum ersten Mal ohne diese endlose Trauer und mit dem seltsamen Gefühl, dass Paul ihr seinen Segen erteilte.

Erik hat recht, Paul, ich liebe dich auch, werde dich immer lieben und für alle Zeiten wirst du einen Platz in meinem Herzen haben...

Doch dann schloss sie die Augen und gab sich dem alles verzehrenden Kuss hin und ihr Griff um Bastian wurde fester. Erst als Tim zurückkam, lösten sie sich schweren Herzens voneinander und Linda ging in die Küche, um Kaffee zu kochen.

Bastians Blick fiel auf den Kalender auf dem kleinen Schränkchen.

Der Spruch war doch neulich schon.

Er blätterte ihn einfach um und las:

Die Zeit heilt alle Wunden, oder zumindest lässt sie den Schmerz verblassen.

Ein zufriedenes Lächeln huschte über sein Gesicht.

Na, das ist doch mal eine gute Ansage!

Am nächsten Tag, vierundzwanzigster Dezember

Tim klingelte Sturm, sie hörten Max bellen und Fionas Stimme.

„Aus, Max, du kleiner Dummkopf! Weißt du nicht, wer das ist?!"

Die Tür öffnete sich und eine übers ganze Gesicht strahlende Fiona stand mit weit ausgebreiteten Armen vor ihnen, um beide gleichzeitig zu umarmen.

„Ich bin so froh, dass ihr da seid, was wäre Weihnachten ohne euch?!" Überschwänglich tätschelte sie beiden den Rücken.

Sie küsste Tims Gesicht ab und als sie sich Linda zuwandte, wischte er sich verstohlen mit seinem Jackenärmel ab. Linda sah es über Fionas Schulter hinweg blickend und verbiss sich ein Lachen.

„Wir freuen uns auch! Hm, riecht das gut! Dabei sind wir noch nicht mal drinnen."

„Die Pute ist auch schon seit einer Stunde im Ofen", antwortete Fiona nicht ohne Stolz, ein prächtiges Tier hatte sie ergattert.

Linda schob die kleine Frau etwas von sich und betrachtete sie, irgendwie sah sie anders aus... Ihr Lachen erreichte wieder ihre Augen! Was war geschehen?

Tim war schon voraus gegangen, nun gingen auch die beiden Frauen hinein.

„Ich geh erst ins Wohnzimmer, Erich begrüßen, dann komm ich zu dir in die Küche und helfe dir."

Sie betrat den so liebevoll dekorierten Raum und sparte nicht mit Lob, auch Tim war ganz aufgeregt, sah das Zimmer doch ganz anders aus als sonst und überall leuchtete und glitzerte es. Aber da war noch irgendwas anders?

„Hallo Erich!"

„Hallo, mein Mädchen!"

Sie drückte ihm einen Kuss auf die Wange.

„Sag mal", verwundert starrte sie auf eine Stelle im Wohnzimmer, an der der Teppich nicht so ausgebleicht war wie der Rest, eine einsame Insel umgeben von Leben.

„Wo ist denn dein alter Sessel?"

„Ach, weißt du", er machte eine wegwerfende Handbewegung, „Fiona konnte das olle Ding nicht mehr sehen und ich", er befüllte die drei bereitgestellten Sektgläser auf dem Tisch, „ich ehrlich gesagt auch nicht. Das Sofa reicht für zwei, ist doch auch viel gemütlicher."

Er bedachte sie mit einem jungenhaften Grinsen und reichte ihr eines der Gläser und rief in Richtung Tür: „Schatz, kommst du zum Anstoßen?"

Leichten Fußes wie lange nicht mehr kam Fiona herüber und nahm ihr Glas, Linda lächelte den beiden liebevoll zu und ergriff das Wort.

„Auf ein wunderschönes Weihnachtsfest, auf Paul, den Menschen, den wir alle von Herzen lieben und auf unser aller Zukunft, die wir noch da sind."

Mit feuchten Augen stießen sie an, zutiefst verbunden durch ein untrennbares Band und die Gläser klirrten und schimmerten im Glanz der Kerzen.

„Seht nur, es schneit!"

Tim hatte zum Fenster rausgesehen und rannte wie ein geölter Blitz in den Flur, zog seine Schuhe an, schnappte seine Jacke und schon war er draußen. Die drei Erwachsenen folgten ihm langsam, Erich half Fiona in den Mantel, wobei er zärtlich über ihre Schulter strich.

Draußen auf der Straße standen sie, die wie leergefegt war an Heiligabend. Im Schein der Straßenlaternen sahen sie die Schneeflocken, die nun riesig und weich vom Himmel fielen, liegen blieben und die Straße bedeckten. Kalt schmolzen sie auf ihren Gesichtern und blieben im Haar haften und die Erwachsenen wechselten einvernehmliche Blicke, sahen es als Zeichen für eine bessere Zeit, denn keiner von ihnen konnte sich erinnern, wann sie das letzte weiße Weihnachten erlebt hatten und aus dem Nachbarhaus ertönten nun kindliche Stimmen, die sangen.

Linda sah nach oben in den Himmel und entdeckte den Abendstern.

„Ich liebe dich Paul!", flüsterte sie und lächelte.

27

Oben im Himmel auf einer kleinen Wolke saß ein Engel, ein Mann, wunderschön anzusehen, mit prächtigen, großen Flügeln.

Sein Name war Paul und sein Haar war etwas zu lang, doch das störte nicht, es gehörte zu ihm. Er lächelte zufrieden und schaute hinab.

Ich liebe dich auch und deshalb will ich, dass du glücklich bist!

Puh, das war ja alles ganz schön knapp, aber wir haben's doch nochmal ganz gut hingekriegt.

Endlich wieder gut, so soll es sein!

Hast du den echten Paul im Leben versäumt und fragst dich nun, was er für ein Mensch war?

 *Der Augenblick mit dir*

Paul ist verzweifelt, seine Beziehung mit sexy Ute läuft nicht ganz wie gewünscht! Linda findet er auch ganz nett, aber sie hat einen Freund: Erik! Bei all dem Liebeskummer macht er sich auch noch Gedanken um seine Freunde Nico, dem Musiker, und Daniel, dem ewigen Single. Und dann ist da auch noch seine Mutter, die immer ihren Senf dazu gibt… Bist du bereit, zu schmunzeln und zu weinen?

Mehr von der Autorin

Flug der Feder

Feder wächst als Vollwaisenjunge bei den Indios auf und führt hier ein Leben voller Wunder. Doch erst, als ihn der Schamane Weißer Bär unter seine Fittiche nimmt, findet er zu sich selbst und entwickelt sein Potential, das noch so manche Überraschung bereithalten wird. Nach seinem Tod geistert er zunächst als Seelensammler umher, bis er sich endlich entschließt, wieder auf die Welt zu kommen und zwar als Frau! Denn endlich möchte er Wünsche und Sehnsüchte erfüllen, die bislang ungestillt waren. Wird er es schaffen, endlich ein voll erfülltes Leben zu führen?

Die Kurzgeschichte fürs Herz, auch als Geschenkbüchlein!

 **Für immer mit dir**

Julia ist wütend auf ihren Mann Georg, weil er den Hochzeitstag vergessen hat.

Dann findet sie auf dem Dachboden das alte Tagebuch ihrer Großmutter und kommt als neuer Mensch ins Wohnzimmer zurück...

Wildrosengeflüster

Alexandra Schumann

Annas Ende naht. Im Abschiedsbrief an ihre Enkelin Bella offenbart sie Geheimnisse, die ihre Familie und auch sie selbst betreffen. Schließlich muss Bella eine wichtige Entscheidung treffen!

Danksagung

Zunächst bedanke ich mich bei dir dafür, dass du meine Geschichte gelesen hast, wir Schreiberlinge wären nichts ohne Leser!

Dann bei meinem Sohn Nico, der mich in Sachen Technik unterstützt und die schönen Cover für mich erstellt, ohne ihn wäre ich aufgeschmissen!

Bei meiner Freundin Heidi, die wie Fiona immer den nötigen Senf dazu gibt, danke, mein Schatz!

Bei meinen wunderbaren Testleserinnen Beate, die mich gut im Zaum gehalten hat, Lilli, die mich mit ihrem psychologischen Wissen unterstützt und einige Fehler ausgemerzt hat, Annika, Mandy und Kathy, ihr seid super!

Wer möchte findet mich bei Facebook, ich freue mich immer über nette Freunde!

Ebenfalls freue ich mich sehr über deine Rezension, die der stille Applaus des Autors ist.

Deine Alex

Herstellung und Verlag:
BoD - Books on Demand, Norderstedt
ISBN 978-3-7421-1304-6